キャロル・モーティマー・コレクション

水仙の家

ハーレクイン・マスターピース
東京・ロンドン・トロント・パリ・ニューヨーク・アムステルダム
ハンブルク・ストックホルム・ミラノ・シドニー・マドリッド・ワルシャワ
ブダペスト・リオデジャネイロ・ルクセンブルク・フリブール・ムンバイ

SHADOWED STRANGER

by Carole Mortimer

Published by Harlequin Japan, a Division of K.K. HarperCollins Japan, 2025

キャロル・モーティマー

ハーレクイン・シリーズでもっとも愛され、人気のある作家の一人。14 歳の頃からロマンス小説に傾倒し、アン・メイザーに感銘を受けて作家になることを決意。コンピューター関連の仕事の合間に小説を書くようになり、1978 年に見事デビューを果たす。以来、数多くの作品を生み続け、2015 年にはアメリカロマンス作家協会から、その功績を称える功労賞を授与された。エリザベス女王からも目覚ましい活躍を認められている。

主要登場人物

ロビン・キャッスル……図書館員。
ビリー……ロビンの弟。
セルマ……ロビンの同僚。
アラン……ロビンの同僚。
レブン……ロビンの上司。
オリバー・リック・ハワース・ペンドルトン……キャッスル家の隣人。産科医。
通称リック。
ブライアン・ウォーカー……ロビンのボーイフレンド。
リックの親戚。
シーラ……リックの兄嫁。

1

緑陰の小道を、一台の自転車が走っていた。道がでこぼこなので時折ハンドルを取られ、自転車が危なげに揺れる。木々のこずえでは小鳥がさえずり、近くで子供たちの弾んだ笑い声が聞こえる。きっと青空のもとで遊んでいるのだろう。

子供たちが遊んでいる……？　ロビンは自転車を走らせながら小首をかしげた。この辺には子供たちの遊ぶ場所はないはずだ。この田舎道の突き当たりに家が一軒あるにはあるが、そのオーチャード・ハウスはかなり前から空き家になっている。村の腕白坊主たちがよくオーチャード・ハウスで遊んでいるのは知っているが、もし弟のビリーも一緒だとしたら問題だ。

ああ、やっぱりビリーがいる。数人の子供たちと一緒に、地面に置いたジャンパーをゴールに見立ててサッカーの真っ最中だ。

ロビンは地面に足をつけて自転車を止めた。ビリーは大のサッカー好きで、今も、間に合わせのゴールポストで得点をあげたその顔は喜びにはちきれんばかりだ。

「ビリー」とロビンは呼んだが、弟の耳には入らなかったようだ。「ビリー！」

ビリーはいらいらしたように目を上げた。金髪で色が白く、姉にそっくりの顔を向けて弟は腹立たしげにどなり返した。「なんだよ！」

「ここに入っちゃいけないってことはわかってるでしょ」と言ったものの、ロビンはばつが悪くなった。ほかの少年たちも全員こっちをにらんでいる。まるでおまえなどの来る場所ではないと言わんばかりだ。

たしかにそうかもしれないが、それはこの子たちだって同じこと。ましてビリーは前に一度、このオーチャード・ハウスの土地に入ったため父からお目玉をくらっている。今度また見つかったらただではすまないだろう。

「邪魔しないでくれよ！」ビリーは、友だちの前で姉からたしなめられたことが頭にきたらしい。

ロビンは少年たち全員に向かって言った。「ここはよその家のお庭よ。この前お巡りさんに見つかって注意されたでしょう。今度見つかったらたいへんなことになるわよ」とくにビリーはそうだ。巡査がビリーの不法侵入を知らせに来たとき、両親の驚きようはひととおりではなかった。

「だけどお姉ちゃん――」

「ごめんね、ビリー。私も言いたくないけど、やっぱりほかの場所で遊ぶほうがいいと思うわ」

「ほかの場所なんかどこにもないじゃないか」

「とにかくここにいちゃいけないわ――みんなもそうよ」

ほかの少年たちはロビンをにらみながらぞろぞろと引き上げ始めた。せっかく楽しんでいたところに水を差してかわいそうだけれど、もし巡査が通りかかったら全員がお灸《きゅう》をすえられることは目に見えている。

皆が行ってしまったあとビリーがつぶやいた。

「そりゃあお姉ちゃんは立派だよな」

ロビンはため息をついた。「あなたのためを思ってしたのよ」

「パパも同じことを言っちゃぼくのお小遣いをすえ置きにするんだから」ビリーは小石をけとばした。

「ごめんね。私だってゲームをぶち壊しにしたくなかったわ。許してくれる？」

ビリーはしばらく考えこんでいたが、案の定すぐに機嫌を直した。「しかたがない。でも、ボールをさがすの手伝ってよ。お姉ちゃんに邪魔されたおかげで、ボールがあの林の中へ入っちゃったんだ」

「いいわ」明るく答えたロビンは自転車を邸内の車道へ置いたまま、弟と一緒にボールをさがしに行った。

草がぼうぼうに生い茂っているのでボールはどこにも見当たらない。その代わり野生の水仙があちこちに見つかり、ロビンは思わず何本か手折った。

「そんなことしたら泥棒じゃないか！」ビリーがボールを抱えてやって来た。

「わかってるわ。でも……」

ちょうどそのとき、一台の車が邸内に入ってきた。金属の砕けるめりめりという音がした。ロビンの自転車がひかれたのだ。車は急停止した。

ロビンはとっさに太い木の後ろに隠れ、茫然《ぼうぜん》としている弟を木の陰に引きずりこんだ。「どうしてこんなところに車が入ってくるのかしら。空き家なのに」と、声をひそめて弟に言った。

「知るもんか。そんなことよりお姉ちゃんの自転車、めちゃめちゃになっちゃったみたいだよ。たぶん……」

「しーっ！　人が降りてきたわ」

男が現れて車の後ろに回り、しゃがみこんで自転車の残骸を調べ始めた。やがて立ち上がった男は目を細めて辺りを見回した。顔立ちはハンサムだが身なりはみすぼらしく、髪もぼさぼさに伸びている。デニムは色あせているしシャツもしわが寄っているが、清潔な感じではある。年は三十代の後半ぐらいだろうか、鼻から口もとにかけて深いしわが刻まれ、眼光が鋭くてとても険しい表情だ。

ロビンは、男のすらりとした全身から発散されている精悍《せいかん》な魅力に見とれてしまい、隠れることをうっかり忘れていた。気づいたときは既に遅く、男はロビンの姿を目にしてつかつかと歩み寄ってきた。

「お姉ちゃんのどじ！」ビリーがにらみつけた。

「そこの二人、出てくるんだ！」男が荒々しくどなった。「ぐずぐずするんじゃない！」

「うんとしぼられそうだな」ビリーはぶつぶつ言いながら姉の手を引っ張って木陰から出た。

百八十センチを優に超える男を見上げたロビンは、百五十五センチの自分がいかにもちびのように感じた。近くで見ると男はやつれた土け色の顔をしていて、表情もとても厳しい。

姉弟が黙りこくっていると男がどなりつけた。

「なんとか言ったらどうだ！　あそこの車道にあるぐしゃぐしゃのくず鉄は、君たちのどっちかの持ち物なんだろう？」

「お姉ちゃんのです」とビリーが小さな声で答えた。

ロビンはすみれ色の瞳をきらめかし、憤然と言った。「あれはくず鉄じゃありません。あなたが車でひく前はちゃんとした自転車だったんだから」

氷のように冷たい灰色の目がロビンをねめつけた。

「そんなことはわかっている。ぼくが知りたいのは、なぜうちの敷地にあんなものがあるのかということだ」

ロビンは息をのんだ。「あなたの敷地？」

「そのとおり」男は乱れた黒髪を額からかき上げた。

ビリーも目を丸くして尋ねた。「ここに住んでるんですか？」

「そうだ。君たち、名前は？」男はいらいらしたような声で詰問した。

「ビリーです」ビリーは、もうここでサッカーをして遊べないのだと気づいたらしく、不安そうに男を見やった。

「君は？」鋭い目がロビンに向けられた。

「ロビンです」彼女はぶっきらぼうに答えた。弟に手を貸すために入っただけとはいえ、手には水仙の花を持っているので言い訳はできない。

「名字は？」と男がたたみかけた。

「キャッスルです」もう十八歳だというのに、まるで補導された少女のような気分だ。

男は二人に向かってとげとげしく言い渡した。

「あと二分以内にぼくの土地から出ていってもらおう。自転車も忘れないように」

ロビンは顔をしかめた。「あんなの、わざわざ持って帰ってもしかたないでしょう」

男は財布を取り出して札を何枚か抜き、ロビンのほうへ差し出した。「後輪が壊れただけだから、これで取り替えるといい」

ロビンは疑わしげに男を見た。「弁償しようとおっしゃるの？」

「君たちが二分以内にここから出ていけばの話だがね。それから君たちの不良仲間の連中にも、ここには二度と立ち入らないようはっきりくぎをさしておいてもらいたい」

「不良仲間……？」ロビンは唖然《あぜん》とした。

「違うのかい？　じゃあ君たち自分ではなんのつもりなんだ？」男はばかにしたように、薄汚れたジーンズとTシャツ姿の姉弟を見下ろした。

ロビンの勤めている図書館では、常にきちんとした身なりをしていることが要求される。一度スラックスをはいて出勤したとき上司のレブン氏から、人目があることを考えなさいと小言を言われたことがある。

しかし日曜日は自由だから、気分に合わせて好きなものを着ることにしている。今日ははき古したジーンズとビリーのTシャツで、どちらもビリーの着ているものよりまだみすぼらしい。

男がもの憂げに言った。「あと一分だよ。悪いことは言わないから、さっさと金を受け取って逃げ出すほうがいいんじゃないのかな」

「私は……」と言いかけるとビリーが遮った。

「わかりました。じゃあいただきます」ビリーは札を取った。「お姉ちゃん、行こうよ。お姉ちゃんってば！」

ロビンはしかたなく口をつぐみ、しぶしぶ弟のあとについて車道のほうへ向かった。男も後ろからやって来て、車道の途中に止めてある自分の車のドアを開けた。

「ぼくの言ったことをくれぐれも忘れないように。君たちのような連中には二度とこの敷地に立ち入ってもらいたくない」男は険しい声でそう言うと、車に乗りこんでばたんとドアを閉めた。車は屋敷のほうへ走り去った。

「心配ご無用、誰がこんなところへ来るものですか！　ほんと、失礼しちゃうわ！」ロビンは一気に吐き出した。

その怒った顔を見てビリーがどっと笑いだした。

「あの人が怒るのは当然だよ」

「でも、この自転車を見て！　明日はバスで通勤しなくちゃならないわ」

この小さな村はバスの便がまったく当てにならない。バス会社が予告なしに気まぐれに間引き運転するのだから。図書館のあるアムサル町までは片道五キロ足らずだが、バスで通勤していたころは遅刻ばかりしていた。そのために自転車で通うことにしたのだ。

「あの人がジャガーで送ってくれるかもしれないよ」とひやかしながら、ビリーは姉を手伝って後輪のゆがんだ自転車を起こした。

ロビンは前のかごに水仙を入れた。あの男も、さすがに水仙を返せとまでは言わなかった。「あの車がジャガーなの？」

「そうだよ。すごい車だっただろう？」

「気がつかなかったわ」ロビンは渋い顔で自転車を見下ろした。「この自転車、パパに修理できそうかどうかきいてみなくちゃ」

「そうそう、これはお姉ちゃんのお金だ」ビリーは手に持っていた札を姉に渡し、すぐさま自転車の後ろのほうを持ち上げた。「手伝ってあげるよ」

ロビンはハンドルを支えたまま、札を数えもせずに後ろのポケットに入れた。「ずいぶんやさしいわね。どうして？」

ビリーはそらとぼけてあどけない笑顔を見せた。金髪が赤ん坊のようにカールしているので、まるで天使のようだ。「ぼくはいつだってお姉ちゃんにやさしいじゃないか」

「ははん、わかった。サッカーしていたことをママとパパに黙っていてほしいんでしょう？」

「ほんとはそうなんだ。ねえ、黙っていてくれる？　この前パパから言われたんだよ。今度同じことをしたらお小遣いを一カ月ストップするぞって」

「だったらどうしてしたの？」

ビリーはいらいらしたようにため息をついた。

「パパたちに言いつけるの？　言いつけないの？」

ロビンもため息をついた。「もちろん言いつけやしないわ」

ビリーは、持ち上げていた自転車の後ろから即座に手を離した。「じゃあまたね」彼はにやりと笑って駆けだした。

「約束したわけじゃないわよ！」と声をかけると、ビリーは振り向いてあかんべえをした。

「お姉ちゃんはぼくを裏切れないから大丈夫さ！」

いまいましいけれどそれは事実だ。弟とは年が五つ違うので、ロビンはいつも弟を窮地から救い出し、時には過保護になるほど弟をかばってきた。そのためにビリーは、どんなことがあっても姉は自分の味方をしてくれると決めこんでいる。

ビリーが逃げ出したため、家まで自転車を引きずって帰るのに時間が倍かかった。ようやくたどり着いて家の中へ入り、父に自転車が壊れたと話した。

「あとで見てやるよ」と父が言った。「ところでビリーを見かけなかったか?」

ロビンはあわてて目をそらした。「さあ……」

しかし父には通用しない。父はじろりと娘をにらんだ。「あいつ、昼飯には帰ってくるんだろう?」

「ええ、もちろん……た、たぶんね。いつもお昼には帰ってくるから」ロビンはしまったと思って唇をかんだが、父の愉快そうな笑顔を見て苦笑いした。

父は食品雑貨店と郵便局の両方をやっている。店のほうは母が担当し、父は郵便局の運営と店の商品の配達を受け持つ。店が繁盛しているので、ロビンも図書館が休みの日は店を手伝ったりする。

しかし今日は店も休業なので、父はのんびりと椅子にくつろいでパイプをくゆらしていた。「それで、自転車はどこがどう壊れたんだ?」

ロビンはもじもじして言った。「後輪がかなりひどく壊れてしまったの」

「どうしてそんなことになったんだ?」

「ちょっとした事故よ」

「事故ですって?」水仙を入れた花瓶を持ってせかせかと部屋に入ってきた母が、鋭い声できき返した。「ロビン、あなたが事故に遭ったの?」と、娘のきゃしゃな体を心配そうに見回した。

ロビンとビリーは父親に似て色白でほっそりしているが、母は色黒で小太りだ。店の切り盛りもじょうずだが、とても家庭的で料理もうまい。お手製のケーキは逸品だが、母は一切れ食べただけでも太る体質だった。逆に父や二人の子供はいくら食べても太らない。

「私じゃないわ、ママ」とロビンは答えた。「実は自転車が……車にひかれたの」

「おまえは乗っていなかったのか?」父が気遣わしげに尋ねた。

ロビンは笑った。「ええ。私はママのためにその水仙を摘んでいたの。その間道端に自転車を止めておいたら、車が来て引っかけたというわけ」オーチャード・ハウスの庭で水仙を摘んでいたとは口が裂けても言えない。

「それで、車は止まったの？」と母。

「ええ。オーチャード・ハウスに住んでいる人だったわ。ママは知っている？」

母はうなずいた。「ハワースさんね。二、三週間前に引っ越してこられたのよ。あの人がおまえの自転車をひいたの？」

「そうなの。でも私がいけなかったのよ。お屋敷の前に自転車を止めて、向かい側の森で水仙を摘んでいたから。そのハワースさんって、いったいどういう人？」ロビンは急いで話題を変えた。

「リチャード・ハワースさん――たしか通称リックとおっしゃっていたわ。うちのお店にお買い物に見えたの。でもパンとコーヒーぐらいしか買ってくださらないから、食べ物はほとんどアムサル町まで買いにいらっしゃるんでしょう」

「どうかしら。あの人はお買い物をするような人じゃないと思うわ」

「じゃあ、食べていないということ？」

「そうは言わないけど、でも、とても変なのよ。服装はみすぼらしくてだらしないくせに、車は最新型のジャガーなんだもの。盗んだんじゃないかしら」

「ばかを言うんじゃありません。ハワースさんは教養のある人みたいよ。たぶんちょっと変わった人なんでしょう」

「まあね」でも、リック・ハワースは私生活をのぞかれることを極端に嫌っている感じだった。しかも身なりにはかまわず車だけが超一流。でも、しゃべり方にはたしかに教養が感じられた。やっぱり母の言うとおり、ただの変人なのだろうか。

母は眉をひそめた。「とにかく、あの人があまり食べていないとしたら困ったことね」

父がにやりと笑った。「私が食べていないことはどうなんだ？　昼飯はまだなのかい？」

「あなたったら、自分のおなかのことしか考えていないのね！」母はあたふたと台所に消えた。両親はとても仲がいい。仕事の面でも息がぴったり合っているし、理想的な夫婦だ。

明くる日、例によってバスが遅れたため、ロビンは十分遅刻して図書館に着き、上司のレブン氏からじろりとにらまれた。

ロビンは本が大好きで、本に手を触れるだけで期待に胸が熱くなるほどである。だからこそレブン氏も、小説の棚の整理だけはめったにロビンに言いつけない。ロビンが本に読みふけってしまって仕事にならないからだ。

ところが今日は珍しく、小説の棚の整頓《せいとん》を命じられた。レブン氏の気の変わらないうちに大急ぎで小説のコーナーへ行ったロビンは、同僚のセルマの姿を目にしてうんざりした。セルマと一緒に本の整理をさせられるとわかっていたら、誰だって逃げ出したにちがいない。セルマはあけっぴろげな性格で、自分の私生活について相手かまわずぺらぺらとしゃべる癖がある。それだけならまだいいが、相手にも同じくらいプライベートな打ち明け話を要求するので困るのだ。

今日はさすがのロビンも本に読みふける暇はなかった。セルマが、週末にすてきな青年と知り合った話をこと細かに説明するので、適当に相づちを打つだけでも骨が折れる。セルマはこの二日間でそのボーイフレンドと急速に親しくなったらしい。ロビンにはまるで次元の違う世界だ。

「あなたのほうはどう？」とセルマが尋ねた。

「どうって、何が？」ロビンは目をぱちくりさせた。

「ボーイフレンドはいるかってきいているのよ」

ロビンは顔を赤らめた。セルマが男性にもてるだけに、私にはボーイフレンドが一人もいないなんて恥ずかしくて言えない。

それを察してセルマが言った。「いないのね？」

ロビンのすみれ色の瞳に勝気な光がきらめいた。

「そうは言っていないわ」

「じゃあ、ボーイフレンドがいるのね？」

「私……え、ええ、いるわ」どうしてこんなつまらないことで嘘《うそ》をついてしまったのだろう？

「誰なの？　名前は？」

「名前？」ロビンは唇をなめた。「リックよ……リック・ハワース」嘘が嘘を呼び、ますます収拾がつかなくなってきた。

しかしロビンは、セルマにばかにされたくなかった。ロビンもデートの経験は何度かあるが、同じ相手と繰り返しデートしたことは一回もない。サッカーや車に興味がないので、デートしてもすぐに話題がとぎれて黙りこんでしまうのだ。そのために気取り屋だという噂《うわさ》が広がって、今ではデートを申し込む青年はめったにいない。

そのことは当然セルマの耳にも届いているので、彼女は身を乗り出して詳しい話を聞き出そうとした。

「どこでその人と知り合ったの？」

「彼……サンフォード村に引っ越してきたの」

「すてきな人？」

「ええ、とても」

「ハンサム？」

ロビンはうなずいた。セルマは眉をひそめた。

「あなた、彼の話をしたくないの？」

「まあね」ロビンは無理やり仕事に注意を集中して、面倒くさそうな声で答えた。

「彼を独り占めするつもりなのね」とセルマがひやかした。「次はいつデートするの？」

「さあ……たぶん、今夜あたり」

「どこかすてきなところへ行くんでしょう？」

「べつに。彼のおうちへ行くだけよ」ロビンは逃げ出したかった。だが、仕事は午前中いっぱいかかりそうだ。これ以上セルマから質問攻めにあったら、嘘の種さえ尽きてしまう。

「まあ！　じゃあ、彼のご両親に会ったのね？」

ロビンはかぶりを振った。「彼は自分のおうちを持っているの」

セルマは二度びっくりであっけにとられている。ロビンはわざと、レブン氏から見える棚のほうへ少しずつ移動していった。早くこの話が打ち切りになるようにと祈る気持だった。

セルマはうらやましそうに言った。「自分の家を持っている人となんて、私はデートしたことないわ。いつも親が出かけるまで待たされるんだから」

待つって、何を？　ロビンは危うくそうききそうになった。セルマは美人でスタイルもいいのだが、なぜか評判があまりよくない。青年たちはしばらくの間は嬉々《きき》としてセルマとデートするのだが、皆最後にはほかの女性に乗りかえてしまう。セルマは本来とても気立てのやさしい女性なのに、それを見抜ける男性がいないのは残念なことだ。

「自分の家を持っているなんて、すごいお金持なんでしょうね。それとも借家住まい？」

「さあ、私……」

「ちょっと君たち、静かに仕事ができないのかね」二人の背後に突然レブン氏が姿を現し、小声でしかりつけた。「忘れてもらっちゃ困る。ここは図書館なんだよ。みんな静かに本を読んだり勉強をしに来る場所だ。それなのに君たちときたら……」

「しーっ！」近くのテーブルで閲覧していた女性がレブン氏をにらみつけた。「あの注意書きが読めないの？　静かに、と書いてあるでしょう」

「ちゃんと仕事をするんだよ」レブン氏はロビンとセルマに厳しく言い渡して立ち去った。

セルマがくすくす笑いだした。「やれやれ、これでレブンさんは今日一日ご機嫌斜めよ」

事実そのとおりになった。ロビンはできるだけレブン氏を避けて仕事をし、セルマとも顔を合わせないようにした。リック・ハワースの話を蒸し返されてはたいへんだ。それにしても、あんなふうにリック・ハワースの名前を利用したのはいささか気がとがめる。セルマにあれほど根掘り葉掘りきかれるとは思わなかった。明日にはセルマがきれいさっぱり忘れていてくれたらいいのだが。

その日は帰りもバスの便がでたらめで、ロビンが帰宅したときは既に店の戸が閉めてあり、母は台所にいた。「バスのせいよ」ロビンはくたびれた声で言った。

母はうなずいた。「遅くなるだろうと思っていたわ。今夜のおかずはチキンよ」

「まあ、うれしい！」ロビンは二階へ駆け上がってジーンズとTシャツに着替えた。いつもこの時間になるとおなかがぺこぺこになっている。弟のビリーも同じで、ものも言わずにチキンにぱくついた。

父はのんびりと食べながら言った。「ロビン、今日自転車を直しておいたよ」

「ほんと？」ロビンは目を輝かした。これでもう明日はバスに乗らなくてすむ。

「母さんの古い自転車の車輪と交換したから、新しい車輪を買わなくてすんだ」

「それじゃ、お姉ちゃんはあのお金を返さなくちゃいけないね」早くもチキンを平らげたビリーが口をはさんだ。

「お金？　なんのお金なの、ロビン？」と母が鋭く尋ねた。

「昨日ハワースさんが、自転車の修理代にとお金をくださったの。すっかり忘れていたわ」ロビンはジーンズの後ろのポケットに手を入れ、昨日突っこんでおいた札を取り出してしわを伸ばした。

「わあ、すごい！」十ポンド紙幣が二枚あるのを見てビリーが低い声で言った。

　父が眼鏡越しに非難がましくにらんだ。「ハワースさんから金をもらう理由はないはずだぞ。道端に自転車をほうっておいた自分が悪いんだと、おまえ自身が言っていたじゃないか」

　ロビンはまだぼうっとしていた。リック・ハワースから渡された金がこんなに大金だったとは……。寿命間近のおんぼろ自転車に二十ポンドの値打ちはない。「私、返してくるわ」ロビンは急いで言った。

「当然だよ」父はきっぱり言うと、今度はビリーに顔を向けた。「ところでビリー、ハワースさんがロビンに金を渡したことをどうしておまえが知っているんだ？」

「ぼ、ぼくは……その……」

「私が話したのよ、ゆうべ」ロビンが助け船を出した。

「そ、そうなんだ。ゆうべモノポリーゲームをしているときにお姉ちゃんから聞いたのさ」

　父はうさんくさそうな目で二人を見た。「ふむ。とにかくロビン、その金は早く返すことだよ」

　母が腰を上げた。「今夜行ってらっしゃい。どっちみち、チキンとアップルパイをハワースさんにおすそ分けするつもりだったの。ビリーに持っていってもらおうと思っていたけれど、おまえが行くついでがあるのならちょうどいいわ」

　ロビンは食器のあと片づけを手伝いながら母に言った。「べつに私が行かなくてもいいでしょう？　今夜は私が食器を洗う当番なんだし」

「食器を洗うのはビリー、おまえが代わりになさい」

「でも、ぼくはサッカーの練習に行く予定だったのに」ビリーが情けない声をあげた。

「五分でできるじゃないの。サッカーの練習はそのあと行けばいいでしょう」

「でも……」

「ビリー！」

「はい、パパ」ビリーは父の一言であきらめ、すごすご台所へ行った。

逆らってもむだなことはロビンにもわかっていた。チキンとパイをオーチャード・ハウスへ持っていくしかないのだ。お金を返しに行くだけならどうということもないが、あのリック・ハワースに食べ物を届けるとなると話は違ってくる。彼がどんな顔をするかと思うとぞっとする。そもそも、母に余計なことを言った自分が悪いのだ。彼は満足に食べていない感じだ、などと言わなければよかった。

ビリーが皿をふきながら小声で言った。「どうしてそんな憂うつな顔をするんだい？　お姉ちゃんはあと片づけしなくてすむから楽じゃないか」

「とんでもないわ！　あなたこそ、あの鬼のところへ行かなくてすむことをありがたいと思いなさい。私はあの人の顔を二度と見たくないと思っていたのに」ロビンは皿を箱に入れて持ちやすくした。

「どうかしたの？」食料貯蔵室から母が出てきた。手には自家製のマーマレードの瓶を持っている。

「べつに。ねえママ、それも届けなくちゃいけないの？」ロビンは瓶を指さした。

「ええ。あの方はマーマレードがお好きなのよ。引っ越してきてほどなく買いに見えたから」

ロビンは箱の上にマーマレードの瓶をのせて外へ出た。荷物が重いので、早く下ろしたくてつい早足になり、オーチャード・ハウスには不本意ながら早く着いた。屋敷は見るからに荒れ果てていた。窓にはカーテン一枚なく、中で人の動く気配もまったくない。ただ、外にジャガーが止まっていて煙突からは薄い煙が立ちのぼっているので、人がいることはたしかだ。

　玄関のドアをノックしても返事がない。しかたなく裏手に回ってノックしたが、やはり返事はなかった。ジャガーもあるのだから、彼はまちがいなくいるはずなのに。

　ノックを繰り返しても答えがないので、ロビンはためらいながらドアのノブを回して中に入ってみた。台所には何もなかった。流しにマグカップが二つあるだけで食器棚は空っぽ、レンジも使った形跡がない。こんな不便なところで生活できるのだろうか？

　ロビンは箱とマーマレードの瓶を台所のテーブルに置き、リック・ハワースをさがすことにした。部屋のドアを一つ一つ開けてみたが、どの部屋もがらんどうで家具一つなく、かびくさいにおいが漂っている。最後に開けた二階の寝室にだけ暖炉の火が燃えていた。それでも部屋全体が冷え冷えとしている。家具もシングルベッドが一つとテーブルが一つ、固い椅子が一脚あるのみ。テーブルの上にはタイプライターだけがのっている。

　ロビンは身震いを抑えながら台所に戻った。これほど居心地の悪いわびしい家に人が住めるものだろうか？　なぜリック・ハワースはこんな状態のままで住んでいるのだろう？　やはり最初の直感どおり泥棒なのかもしれない。

　だが、泥棒がアジトを作る場合、村より町のほうがずっと都合がいいはずだし、頭の切れそうなリック・ハワースがそのことに気がつかないわけがない。こんな小さな村ではくしゃみをしたことまで隣近所に知られてしまう。ましてよそ者は人目につく。詮《せん》索《さく》好きなタイプではない母でさえ、オーチャード・ハウスの新しい住人のことをちゃんと知っていた。

　それにしてもリック・ハワースはいったいどこに

いるのだろう？　ロビンは途方に暮れた。このまま料理を置いて帰れば、リック・ハワースは誰が来たのかと怪しむだろう。持って帰れば母にあれこれ説明しなければならなくなる。かといっていつまでも彼が現れるのを待っているわけにもいかないし……。

「いったいここで何をしているんだ？」

　マーマレードの瓶をもてあそんでいたロビンは、くるりと振り向くなり真っ青になった。戸口にリック・ハワースが恐ろしい形相で突っ立っていた。

2

　ロビンの手からマーマレードの瓶がすべり落ち、タイル張りの床に砕け散った。どろりとしたマーマレードが辺り一面に流れ出した。ロビンは四つんばいになってガラスの破片を拾い始めた。「あ、あの、おぞうきんあります？」

「まったく、なんてことだ！」たくましい手が伸びてきてロビンの腕をぐいとつかみ、軽々と引っ張って立たせた。離れようともがくロビンを、リック・ハワースは軽蔑《けいべつ》したように見下ろした。「君はばかじゃないのか？」

　すみれ色の瞳に怒りが燃え上がった。「ばかじゃありませんわ、ハワースさん。あなたが驚かせるからマーマレードの瓶を落としてしまっただけよ」

「それはわかっている」

「だったら、床がよごれたこともわかっているでしょう」

リック・ハワースは鼻息も荒くため息をつくと、流しの下からぼろ布を出してテーブルの上にほうり投げた。「気がすむようにするといい」

「ありがとう」ロビンはそうつぶやいて再び床に四つんばいになり、母お手製のおいしいマーマレードをふき取った。

「君はぼくの家でいったい何をしていたんだ？　ぼくは答えを待っているんだよ」彼がぶっきらぼうに言った。表情は相変わらず険しく、口もとには深いしわが刻まれている。ジーンズとシャツは昨日と同じ薄よごれた代物だが、黒い髪は洗ったらしく、ゆるく波打って襟にかぶさっている。

ロビンは憤然と言い返した。「私、ちゃんとノックしました。でも返事がなかったから……」

「勝手にあがりこんだというわけか」

「違うわ！　それは……そうなんだけど、でも、そんなんじゃありません！」

「勝手な言いぐさだな」リック・ハワースはさげすむように唇をゆがめた。

「私、侮辱を受けに来たわけじゃないわ！」

「君が他人のプライバシーを侵害しさえしなかったら、侮辱を受けることもなかったはずだ。君がぼくの土地に無断で入りこんでいる現場をつかまえたのは、わずか二日の間にこれで二回目じゃないか。さあ、どうだ、返す言葉がないだろう？」

ロビンは唇をかんだ。「たしかにあなたの言うとおりよ。でも……」

「言い訳はたくさんだ。不法侵入したことを認めればそれでいい。理由なんか関係ない。しかも今日は家の中まで入りこんでくるという図々しさだ。ノックをして答えがなかったら、ひとまず帰っていずれ出直してくるというのが常識じゃないか」

　ロビンは立ち上がり、ガラスの破片とねばつくぞうきんを隅のごみ箱へ捨てに行った。床はまだべとべとしているが、あとはリック・ハワースが好きなようにすればいい。

「私、帰ります。二度とここへは足を踏み入れないわ、二度と！」ロビンはテーブルに歩み寄って箱のふたを取り、皿を出してがちゃんとテーブルに置いた。「これ、食器だけあとで返していただけたら母が喜ぶと思います」

　リック・ハワースが近づいてきてチキンとパイをにらみ、目を細めた。「なんだ、これは」耳ざわりな荒々しい声だ。

　こんな男なら、誰だって毒を盛りたい気分になるだろう！　ロビンは嘲笑《ちょうしょう》を浮かべ、二枚の皿を指さした。「何に見えます？　これはチキンですわ、ハワースさん。そしてこっちはアップルパイ」

「どうしてそんなものがここにあるんだ？」

「あなたには食べ物が必要だと母が考えたからですわ」私自身は、目の前であなたが餓死しても痛くもかゆくもないわ、とロビンはほのめかした。

「君のお母さんが？」

「キャッスル夫人。食品雑貨店を経営しています」

「ああ、あの人なら覚えている」とうなずいたあと、リック・ハワースの目が急に鋭くなった。「ぼくに食べさせなければならないなんて、いったい誰がそんなことをあの人の耳に吹きこんだんだ？」

　ロビンはまたもや顔が熱くなった。「あら……私はただ……」

「君だな」彼の目がぎらりと光った。「ぼくは施し物など要らん。君のお母さんにもちゃんと言っておいてくれ」

「いいえ、ハワースさん、お皿を返すときに直接母に言ってください。私は、あなたがどんなに恩知らずの人でなしか、そのことだけ母に言っておきますわ！」ロビンは怒りに頬を染めてくるりと背を向け、勢いよくドアを開けた。

「ちょっと待った」リック・ハワースが再びロビンの腕をつかんだ。「そんなに急いで帰ることはないだろう」歯ぎしりするような声だ。

「あなたは私の母に対して失礼なことを言ったわ。母はただ親切にしたくて手を差しのべただけなのに、あなたはその手をぶん殴ったも同然よ」

「やれやれ」彼はロビンの腕を放し、うんざりしたように首筋をなでながらチキンの皿を見下ろした。「わかったよ。たしかにぼくは少々恩知らずだったかもしれない」

「少々ですって？」

「わかった、たしかに失礼なことを言ったよ」

「ものすごく失礼だったわ」

彼の唇がこころなしか緩んだように見えた。初めて見せるやわらかい表情である。「まあまあ、そうオーバーに言わなくてもいいだろう。ところでこれは、どんなふうにして食べたらいいんだい？」と、チキンを指さした。

「温めるだけでいいわ」

「何で温めるんだい？」

ロビンはからかわれているのかと思ったが、彼は大真面目な様子だった。「ほんとうにご存じじゃないの？」

「わかっていればきいたりしないさ」

「でも……ここへ引っ越してきて以来、毎日何か食べているんでしょう？」

彼は肩をすくめた。「ありあわせのものでサンドイッチを作るぐらいだよ。今夜はりんごだ。パンが今朝でおしまいになったものだから」

「そんな無茶なこと！　自殺でもするつもり？」

　リック・ハワースの顔が再び暗くこわばった。

「大きなお世話だ。ぼくが何を食べようと君には関係ない」

「べつにそんな意味で言ったんじゃないわ」ロビンはどなられることを覚悟で言葉を継いだ。「ただ、あなたの調子があまりよくないように見えるから……」

　彼はどならなかった。それどころか顔がいちだんと青ざめ、声がかすかに震えた。「実は……気分がよくないんだ」体も少し揺れている。

　ロビンはすぐさま駆け寄って彼の体を支えた。もっとも、もし彼がほんとうに気絶したら支えられるわけがないのだが。「さ、座って」と言うと、彼は素直に椅子を引き寄せて腰を下ろした。「今朝パンの残りを食べたんですって？　いったい何枚ぐらい召し上がったの？」

「一枚……だったかな」

「じゃあ、昨日は？」

　リック・ハワースはちょっと考えてから答えた。

「昨日はりんごを何個か食べた」

　ロビンはため息をついた。「それじゃあめまいがするのも無理ないわ。すぐにチキンを温めてあげるから待っていて」

　ロビンは台所じゅうをさがし回って、やっと鍋やナイフやフォークを見つけた。レンジは前の住人が残していったものらしく、非常に旧式のタイプだが、首尾よく火がついたのでやれやれだった。

　その間ずっと、ロビンは背中にリック・ハワースの視線を感じていた。振り向くと、彼はなおもじっと見つめていた。めまいはもう完全に治まったようだ。

「じろじろ見るのはやめてくださらない？」ロビンはいらいらした。そして、よそ見をしたために鍋に指が当たってやけどをしてしまった。「あなたがいけないのよ」ロビンはとげとげしく言った。

リック・ハワースがさっと立ち上がって近づいてきた。ロビンは恐ろしくなって思わずあとずさりしたが、彼は手を差し出して言った。

「やけどを見せてごらん」

「なんともないわ」

「見せてほしいんだ」

断固とした口調にロビンもしかたなく手を出した。念入りに調べている彼の顔をこっそり観察したロビンは、あまりにもハンサムな容貌《ようぼう》を目の当たりにして急に胸がどきどきしてきた。謎《なぞ》に包まれた男とこうして二人きりでいるということも、ロビンの心をかき乱した。

「ほんの軽いやけどだな」リック・ハワースはあざけるようにそう言ってロビンの手を放した。

「だから、なんともないって言ったでしょ！」ロビンはテーブルにチキンを置いた。

「ありがとう」彼は腰を下ろしてゆっくりと食べ始めたが、最後にはむさぼるように食べ終えた。「実においしかった」と、満足げにロビンを見上げた。

「それを聞けば母も喜ぶことでしょうよ」と皮肉たっぷりに応じると、彼はため息をついた。

「だから謝ったじゃないか」

「いいえ、謝ってないわ」ロビンは派手な音をたててブラックコーヒーのカップを彼の前に置いた。

「そうだったかな。しかし君ほどおませな子供だったら、言葉に出さなくても察して……」

「おませな子供ですって？」

目をつり上げたロビンを見てリック・ハワースが笑みをこぼした。「じゃあ、女学生だ」

「私は女学生じゃありません！　もう十八歳よ」

ぶしつけな視線がロビンの細い全身を見回した。

「十八にしては体がまだ成熟していないな」

ロビンは頭に血がのぼった。たしかにグラマーではないけれど、ふくらむべきところはちゃんとふくらんでいる！「そう言うあなたこそ、薄よごれていてまるで住むところのない人みたい」

「うむ。それは言える」

「散髪ぐらいちゃんとしたらいかが？」

「君、散髪はできないのかい？」

ロビンは目を白黒させた。「そんなのいやよ！　そんな……知りもしない人の髪を切るなんて」

彼がにやにや笑いだした。「じゃあ、散髪してもらうためにはつき合わなくちゃいけないのかい？」

ロビンは荒いため息をついた。「とにかく、私はお金を返しに来ただけです」と言ってポケットから札を出してテーブルに置いた。「結局お金は全然かからなかったわ。それにこれじゃ大金すぎて」

「しかし、修理はどうしたんだい？」

「父がありあわせのタイヤと交換してくれたわ。いずれにしても、今日ここに伺った目的はこのお金を返すことと、お料理を届けることだったんです」ロビンはオーブンからアップルパイを出して荒々しくテーブルに置いた。「あなたのお給仕をしたり散髪をするために来たんじゃないわ！」

「君のお母さんは料理の名人だね。君はお母さんほど上手じゃないんだろう？」

「ええ、母には負けるわ――あなた、私を家政婦に雇いたいと言うつもり？」

「悪くないアイデアだ」

「冗談じゃないわ。私、もう帰らなくちゃ」

「散髪のほうはどうなるんだい？」

「理髪店へ行けばいいでしょ！　早く帰らないと暗くなりかけてきたわ」思いがけず長居をしてしまったから、両親が心配しているにちがいない。

リック・ハワースが立ち上がった。「車で送っていくよ」

「結構です。近いんだから歩いて帰ります」

「いや、暴漢に襲われたらたいへんだ。田舎だからといって安心はできないよ。途中にある森にでも引きずりこまれたらどうしようもないんだから。さあ、行こう」彼はドアを開けてロビンを通し、自分も外に出てさっさと車のほうへ向かった。

車に乗りこんでからロビンは尋ねた。「戸締まりしなくていいのかしら?」

「盗まれるようなものは何もないさ」彼は愉快そうに言ってジャガーをスタートさせた。

「あなたの家にはどうして家具が全然ないの?」

「なぜそんなことを知っているんだ?」リック・ハワースの表情が急に険しくなった。

「それはその……私……」

「君は家じゅうのぞいて回ったんだな。まったく、女ってやつは皆こうだ。どうして男のプライバシーをそっとしておくことができないんだ?」

「私はただ……」

「いまいましいおせっかいやきだ、けしからん!」

「違います。聞いてください――」

「君の家はここだろう?」リック・ハワースは車を止め、冷たく前方をにらみ続けた。

あまりにも早く着いたのでロビンは面くらった。

「え、ええ。でも……」

「おやすみ、ミス・キャッスル。お母さんによく礼を言っておいてくれたまえ」

「わ、わかったわ」ロビンはあわてて車から降りた。

「私に一言説明させてもらえたら……」

「その必要はない」ジャガーはタイヤをきしませて急発進した。その勢いで助手席のドアが閉まった。

ふう! なんて気の変わりやすい人! 意外とやさしい人だと思った次の瞬間、また最初の恐ろしい冷血漢に逆戻り。たしかに私も、彼の家の中をのぞいて回ったのはいけなかった。でも、どうしても彼をさがし出す必要があったのだもの……。

居間に入ると母が編み物から顔を上げた。「遅かったわね。お友だちのおうちにでも寄っていたの？」

そうだと嘘《うそ》をつけたらどんなにいいだろう。リック・ハワースと一時間半も二人きりで過ごしたとあれば、質問攻めにあうのは目に見えている。ロビンはソファに腰を下ろした。「ハワースさんの具合があまりよくなかったの」

「まあ！　病気じゃないんでしょうね？」

「ええ。ろくに食べていなかったせいよ。だから私が、持っていったものを温めてあげたの。そのために帰りが遅くなってしまって」

「それはいいことをしたわ。男の人がひもじい思いをしているのは見るに耐えないものよ」

リック・ハワースは、どうやら自分で食事を作ったことがないようだ。引っ越してきてから三週間もたつというのに、あのレンジは一度も使われていない感じだった。食事の世話は人にしてもらうことに慣れているのだ。つまり、身近に女性がいるということだ。女性がいたと言うほうが正確かもしれない。あの年ならふつうは奥さんがいるから、結婚に失敗して独りになったのだろう。それなら、女性全般に対する手厳しい見方もうなずける。

「ハワースさんがくれぐれもママによろしくって。ママはお料理の名人だと言っていたわ」とロビンは報告した。

母はうれしそうに笑ったあと、しばらくしてぽつりと言った。「家政婦さんを雇えばいいのにねえ」

「あら、あの家にはきれいにするほどのものが何もないわ」ロビンはまたしてもうっかり口をすべらしたことを後悔した。

父が新聞から顔を上げた。「どういうことだ？」

「家具があまりないということよ。でも、彼一人だから必要もないんでしょうけどね」ロビンは肩をすくめて立ち上がった。「私、髪を洗ってくるわ」そして急いで居間を出た。

だが、翌日には今度はセルマの追及を受ける羽目になった。「昨夜は例のボーイフレンドと会ったの？」とセルマが尋ねた。

ロビンはいらいらした。「彼はべつにボーイフレンドなんかじゃないわ」

「でも、あなたがそう言ったじゃない」

「彼は……ただのお友だちよ。たまたま男性だというだけのことだわ」

セルマは肩をすくめた。「彼のことを話したくないのならべつにいいのよ」

「そうは言ってないわ。話すほどのことが何もないだけ。ほんとうよ」

セルマが意味ありげにロビンを見た。「けんかしたのね、そうでしょう？」

「違うわ！」と言ってから、はっと気がついた。この話を打ち切るちょうどいいチャンスだ。「ええ、実はそうなの」

「やっぱりね。でも心配することないわ。彼がほんとうに気があるのなら戻ってくるわよ」

週末に知り合った青年と早くも別れたセルマの口から、こんなアドバイスを聞こうとは思わなかった。いずれにしてもリック・ハワースはもう私の生活の中に戻ってはこない。二度と会えなくなっても私はかけらも悲しまないだろうけど。

その日ロビンは、自転車に乗っていつもの時間に帰宅した。店は午前中で閉める日なのに、両親とも家の中にいない。中庭に出ると父が油まみれになってバンの下にもぐりこんでいた。母が横で心配そうに見守っている。車が故障しているということは、父がお冠だということだ。

「どうしたの？」ロビンはそっと母に尋ねた。

「配達の途中で故障してしまったの。人に押してもらってここまで帰ってきたけれど、修理を始めてもう二時間。おまえは先に夕食を食べなさい。私たちはあとで食べるから」

「ビリーは？」

「代わりに自転車で配達に回ってくれているわ。ビリーは、学校から帰ってからずっと走り回っているのよ」

　バンの下から父が顔を出した。「おかえり、ロビン。おいバーバラ、そのスパナを取ってくれ。おまえの足もとにあるやつだ」案の定、苦々しい声。

「じゃあ私、先に食べてくるわ」とロビンが母に耳打ちすると、母はやさしくほほ笑んだ。

「そのほうがいいわ」

「バーバラ、スパナだと言ったろう！」

「はいはい、あなた」

　夕食は、ロビンの大好きなステーキとキドニーのパイだった。食後皿を洗っていると母が入ってきた。

「ようやく修理ができたみたいよ。ビリーも帰ってきたし、これでやっとお食事ができるわ」

「でも、ここに配達の箱が一つ残っているわ」

「ああ、それはハワースさんの分よ」

「ハ、ハワースさんの……？」ロビンはぎょっとした。

「ええ。それはおまえが配達してくれるだろうとビリーが言ったものだから」

「いやよ！　行きたくないわ、ママ。私、あの人のことあまり好きじゃないの。お願い」

「ばかなこと言わないで。とてもいい方じゃないの。今日はこれをくださったわ」母は、窓辺の花瓶にさしたカーネーションを指さした。「ビリーのほうは今から宿題をしなくちゃいけないのよ」

　ロビンはしぶしぶ承知した。オーチャード・ハウスへ行く道すがら箱の中をのぞいてみると、簡単に作れる食品がどっさり入っていた。母のお手製のステーキとキドニーのパイも一人前入っている。母は、相手かまわず太らせないと気がすまないのだ。

ノックすると今日はリック・ハワースが出てきた。

「これはこれは。ミス・キャッスルじゃないか」彼は人をくった口調でもの憂げに言った。

ロビンは怒りをこめてにらみつけた。「品物をお届けに来たわ」

「持ってきてもらえないのかとあきらめていたところだよ」彼は食べかけのりんごを突き出してみせた。

「配達の車が故障したんです。はい、これ」

リック・ハワースは、差し出された箱を受け取りもせずに台所のドアを広く開けた。

ロビンはしかたなく中に入り、こわばった声で言った。「私、すぐに帰ります」

「どうして?」

「あなたは人と一緒にいるのがいやなんじゃないかと思うから」

「そのとおり。少なくとも昨日まではそうだった」

ロビンは怒っていたことも忘れて目を丸くした。

「じゃあ、私がここにいてもいいということ?」

「そう」彼は半分食べただけのりんごをごみ箱へほうりこむと、ステーキとキドニーのパイを手に取った。「これはどうすればいいんだい?」

ロビンは彼の手からパイを取り、オーブンの中へ入れた。「ほんとうはこのパイをあなたの顔にぶつけてやりたいところだわ」

「そうだろうね」彼はさらりと答えた。

ロビンは箱からじゃがいもを出して皮をむいた。

「あなたがこんなに何もできない人だとは思わなかったわ。なんでもできそうに見えるのに」

「料理ができないだけさ」

「アイロンかけもできないみたいね」ロビンは彼のしわくちゃのシャツを見て顔をしかめた。「洗濯したあとはアイロンをかけなくちゃ。とても高そうなシャツなのに」

「これ、もうできたかい？」彼が鍋のふたを開けてじゃがいもの煮え具合をのぞいた。

「まだよ！」ロビンはふたを引ったくって閉め、腹立ちまぎれに言った。「いったいあなたは一日じゅうここで何をして過ごしているの？」

リック・ハワースの表情が急に冷ややかになった。

「あれやこれやさ」ぶっきらぼうな声だ。

ロビンはため息をついた。「どうしてそんなに隠し立てするの？」

「どうしてそんなにおせっかいなんだ？」

ロビンはたじろいだ。ぴったりとした水色のＴシャツに包まれた胸は荒い息に弾んでいる。紺と白の綿のスカート、短い金髪、化粧っけのない顔。全身に若さと傷つきやすそうなもろさがにじみ出ている。

リック・ハワースは灰色の目を無気味に細めてつぶやいた。「ぼくはどうかしている……自暴自棄になっているのだろうか」

「なぜ？」彼の雰囲気がまた変わったことに気づいて、ロビンは途方に暮れた。

「十八歳の娘とおしゃべりして時間をむだにしているからさ」そっけない口調だった。

ロビンは息をのみ、両のこぶしを握り締めた。

「あなたは無作法なだけじゃないわ！　わざと人を傷つけて楽しむような人よ！」と、震える声で言うなりドアのほうへ駆け寄った。

「ロビン！」

彼女はくるりと振り向き、声を詰まらせながら必死に言った。「これ以上あなたの時間をむだにしないよう、私は帰ることにします」

「ロビン……そういう意味で言ったわけじゃない。聞いてくれ、ぼくは三十六歳だ。それがどういうことか、君にわかるかい？」

「あなたは年寄りだということよ！」

子供じみた反論にリック・ハワースの唇がぴくりと動いた。「そう言われてもしかたないな。だが、三十六歳ならまだ年をとりすぎたとはいえない。要するに、君のほうが若すぎるということだ」

「若すぎるって……何に？」

彼がいら立たしげにため息をついた。「これに、だよ！」と言って身をかがめ、ロビンの唇をとらえた。彼の唇はゆっくりと動いてロビンの感覚を麻痺《まひ》させた。

あまりにも思いがけない展開に、ロビンはただ立ちすくんでキスされるがままになっていた。これまでにもキスの経験はあるが、こんなベテランの男性とは初めてだった。彼は両手でロビンの腰を抱き寄せ、徐々に深いキスを求めてきた。だが、ロビンはそれに応じることができなかった。経験がないために大胆に振る舞えないのだ。

リックは顔を上げ、反応のないロビンを荒々しく押しやった。「やっぱりぼくは頭がおかしくなっているんだ。これで君もよくわかったろう。正気だったらこんなことをするぼくじゃない」

「こんなことって……私にキスをすること？」ロビンはかすれた声できき返した。

「君みたいな子供にキスすることさ」彼は苦々しげに言い直した。「くそっ、やっぱりぼくは文明社会に戻らなくちゃ！」

「でもリック……」

「帰ってくれないか」彼はくるりと背を向けた。

「でも、あなたのお食事は……」

「自分でする。とにかく帰ってくれ。さあ、早く、ロビン！」

ロビンは外へ出た。いったいどうなっているのだろう？ 例によってけんかしているとリックが急に飢えたように唇を求めてきた。あのキスは私の心の平和をこなごなに砕いてしまった。たくましい筋肉を押しつけられたときの感触が今も生々しく残っていて、体の震えがまだ止まらない。

リックは何かを隠している。それに、決して理想的なタイプの男性ではない。それなのに一目見た瞬間から彼に惹《ひ》かれてしまった。彼の怒りも辛辣《しんらつ》さも、たった今わずかに垣間《かいま》見せた欲望の激しさも、すべてが私の心を引きつける。

リックはこの村へ来るまでどんな仕事をしていたのだろう？　どんな生活を送っていたのだろう？　どんな生活だったにせよ、今とは雲泥の差があることだけはたしかだ。

「おまえ、少し顔が赤いわよ」帰宅すると母が心配そうに言った。

ロビンの頬はいちだんと赤く染まった。「歩いて帰ってきたせいよ、ママ」

食卓で宿題をしていたビリーが顔を上げた。「まさか恋患いじゃないだろう？」

「違うわよ！」ロビンはかみつくように言った。

ビリーはひやかすように姉を見た。「怪しいな。こんなに長い時間、ハワースさんちでいったい何をしていたんだい？」

「大きなお世話よ！」

「どうしてそんなに怒るんだい？　話せないようなことでも……」

「黙りなさい！」ロビンはヒステリックに声を張りあげた。悩ましいリックの熱い唇が鮮やかに思い出され、頭が混乱した。

「ロビン！」と母にたしなめられ、ロビンは唇をかんだ。

「ごめんなさい。でも、ビリーが意地悪ばっかり言うんだもの」

「男の子だからしようがないわ」

そう、そしてリック・ハワースのキスも、男だからしようがないのだ。彼はあのとき女に飢えていただけだろう。だからこそ、無経験な私にいら立ったのにちがいない。彼がキスしていた相手はこの私ではなく、たまたま目の前に現れた手ごろな女にすぎなかったのだ。彼はおそらく結婚しているから、独り寝の続いている今は女性の体が恋しいのだろう。

　ビリーがにやにや笑いだした。「ぼくはただ単純に、お姉ちゃんとハワースさんが何をしていたのかなと思っただけ……」

「ビリー！」今度は母が遮った。「宿題は二階でしなさい」

「でもママ……」

「早く行きなさい。宿題ができ上がるまで遊びに行くことは許しませんよ」

　ビリーは教科書をかき集めて出ていったが、その直前に母の目を盗んでロビンにあかんべえをしてみせた。ロビンはわかっていた。いつもの自分なら弟のひやかしを巧みにかわして応酬するのに、今夜はそのゆとりがないのだ。

「どうかしたの？」と母がやさしくロビンにきいた。

「い、いいえ、べつに」ロビンはさりげなく肩をすくめた。「帰ってくるのが少し遅くなったのは、ハワースさんに食事の準備をしてあげていたからよ。あの人、オーブンの使い方を全然知らないみたい」

「そのようね。うちの店で買った品も缶詰だのインスタントばっかり。うちのお父さんだったらとても耐えられないわ」

　リック・ハワースも耐えられないにちがいない。彼はいい暮らしをすることに慣れているような気がする。ああ、彼を取り巻く謎を突きとめたい！

　翌日は図書館がにぎわって忙しかった。市が立つ日なので、あちこちから人が集まってきて図書館にも立ち寄るせいだ。ロビンは貸し出しのカウンターで本にスタンプを押し、カードを受け取ることを繰り返していた。午前の休憩時間が来たときはほっとしたが、休憩室へ行くとセルマがいたのでうんざりした。

「ゆうべは彼氏と仲直りできた？」セルマは即座に尋ねた。

どうしてセルマはこんなに詮索《せんさく》好きなのだろう。横にはジョアンという同僚もいるのに。ロビンは自分のコーヒーをつぎながら硬い声で答えた。「いいえ、だめだったわ」

「そう。だったら早くほかのをさがすことね」

それができたら苦労はない。今の私はリック・ハワースのことで頭がいっぱいだ。彼は文明社会に帰らなければならないと言っていた。今日にでもあの村から姿を消してしまうのではないかと思うと気が気ではない。

休憩時間が終わるとロビンは貸し出しの事務から医学書の棚の整理に移された。レブン氏がわざと、ロビンの関心のない分野の棚を選んだのだ。ロビンは分厚い医学書を一冊足の上に落としてしまい、声に出して悪態をついた。レブン氏がそれを聞きつけて非難がましくロビンをにらんだ。

「なんて言ったの？」後ろにセルマが来ていた。

「オリバー・ペンドルトンのおたんこなすって言ったの。この本の著者よ。今この本を落として足がつぶれそうになったんだから」

「なんだ。そんなことより、彼が来てるわよ」

「彼？　オリバー・ペンドルトン？」

「ばかね。あなたのボーイフレンドよ」

「ボーイフレンド……？　じゃああの……」

「そうよ！」セルマはロビンを引っ張っていった。「たった今案内のカウンターへ来たの。名前を聞いてすぐにぴんと来たわ」

たしかに彼だった。カウンターの横にただ一人、超然としてたたずんでいるのはまぎれもなくリック・ハワースその人だった。

3

　昨夜はリックの家から追い出されたも同然なので、今再会したら彼にどんな顔をされるかロビンは自信がなかった。だが、セルマは興味津々で感激の出会いを待ち受けている。

「ほら、行って！」とセルマが後ろから押した。

　ロビンは進退きわまった。リックは事情を知らないから、何を言いだすかわからない。嘘《うそ》をついていたことがセルマにばれてしまうかもしれないが、こうなったらやるだけやるしかない。

　ロビンは意を決して近づいていった。気がついたリックはとたんに用心深い表情になった。

「こんにちは、ダーリン」ロビンはかすれた声で言って、すがるようにリックを見つめた。「お昼を誘いに来てくださったのなら、少し時間が早すぎるわ」

　リックは巧みに驚きを隠し、近くにいるセルマをちらりと見やった。セルマは一見、目の前の本に気を取られているように見えるが、二人のやりとりに耳をそばだてていることは明らかだった。

　リックの瞳に一瞬怒りのようなものがきらめいたが、すぐに口もとに笑みが浮かんだ。とはいえ、目の険しさだけは変わらない。「喜んで待つよ。君が相手なら待つかいがあるというものだ」彼は低音でもの憂げに言った。

　ロビンは真っ赤になった。「でも、ここで待っていただくわけにはいかないわ。あの……広場の喫茶店で三十分後に会いましょう」と言ってから息を詰めて返事を待った。

「オーケー。じゃ、三十分後に」リックはあっという間に立ち去った。

　ロビンはほっとした。リックのおかげで恥をかかなくてすんだ。彼がほんとうに喫茶店へ行くとは思えないから、今夜は彼の家へ行ってお礼を言おう。そして、きまり悪いけれども事情を説明しなければ。

「すてきな彼氏じゃない！」セルマがうっとりした面持ちで言った。

　たしかに今日のリックはひときわハンサムに見えた。ぴったりした茶色のズボンとシャツ、その上にクリーム色の革のベストをはおった姿は、実に格好よくスマートだった。

「私もああいう人と知り合いたいわ。ねえ、彼には弟がいないかしら？」とセルマ。

「さあ、よく知らないわ。彼の家族のことはあまり話したりしないから」

　セルマがにやりと笑った。「そりゃあ私だって、あんな彼と一緒にいたらもっとほかのいいことをして過ごすわ！」

　ロビンは頬を赤らめてぎこちなく言い返した。

「あら、私はそんな……私はまだ彼と知り合って間がないから」

「ああいう男性が相手なら、時を待つ必要はないと思うわ」

　ロビンはだんだん不愉快になってきて、つっけんどんに言った。「ああいう男性って？」

　セルマはほほ笑んだ。「彼はあなたの手を握っているだけで満足するような人には見えないってこと。違うかしら？」

　図星なのでロビンは内心ぎょっとした。「私、仕事に戻らなくちゃ。あなたもそうするほうがいいんじゃないかしら」と、レブン氏のほうを目で示すとセルマはようやく立ち去った。

　ロビンは仕事に身が入らず、リックのことばかり考えていた。彼は何をしにここへ来たのだろう？

本を借りて帰った形跡はないし、もちろん私に会いに来たわけでもない。そのこども、今夜オーチャード・ハウスへ行ったときにきいてみよう。

　昼休みになった。いつもは休憩室で食べるのだが、今日はセルマに怪しまれないよう外へ食べに出かけなければならない。ロビンは好奇心に誘われて広場の喫茶店の前まで行ってみた。市を目指してつめかける人々で広場は混雑し、ロビンももみくちゃにされた。喫茶店の前には案の定リックの姿はなかった。予想どおりとはいえ、ロビンはがっかりした。

「とにかくここから抜け出そう」いつの間にかリックが横に立って人ごみをにらんでいた。

「リック……」ロビンは目を丸くしてつぶやいた。

「君の推論はすばらしいね」と彼が皮肉っぽく言った。「ぼくは君に命じられたとおり、ちゃんとここへ来てしまったよ」

「でも……本気で言ったわけじゃなかったのに」

「わかっているよ、ダーリン。だからこの人ごみを抜けたら、君が本気で考えていたことを詳しく説明してもらうからね。もし、若さあふれる君の体が何か求めているというのなら……」リックはいやみたっぷりにそう言うと、手にした二つの紙袋と二本の缶コーラを差し出した。「昼飯は君の分もここにある。ハムサラダロールと、焼きたてのクリームケーキだ」

「エクレアでしょうね？」と、ロビンはわざと念を押した。リックと二人で昼を過ごせるという、思いがけない成り行きを、大喜びしているふうには見せたくなかった。

　リックの表情が緩んだ。「ぼくはどうやら透視ができるらしい」彼はロビンの腕を取って裏通りに入った。そこにはジャガーが止めてあった。

　革張りのシートに身を沈めたロビンは、ミルクを与えられた子猫のような気分だった。父が運転しているバンも他の自家用車も、この車と比べたら月とすっぽんだ。

「近くに公園があるわ」とロビンは言った。

「この食料は食べるためにあるんだ。あひるどもにくれてやるためではない」リックはそう言いながら楽々とハンドルを操った。

ロビンは彼の隣に座っているというだけで幸せだった。はにかみながら、時折上目遣いで彼を見やる。彼はふだん着を着ているときでさえ、人と違う雰囲気を漂わせている。持って生まれた威厳、支配力、そういったものが感じられるのだ。

不意にリックが口を開いた。「ぼくは少しダイエットをしているから、君を食べるつもりはない。だから、そんな心配そうな顔をしてぼくを見るのはやめてくれないか」

「私はべつに……」

「いや、そういう顔をしていた。もっとも、その責任はぼくにあるかもしれない。ゆうべの……」

「その話はしたくないわ」ロビンは遮った。昨夜リックの家から追い出されたときのことは、今考えてもつらく悲しい。

リックはちょっとロビンの膝に手を置いた。「いや、話し合わなくちゃいけないんだ」

「どうして？　べつに何もなかったのに」

「ぼくが君にキスしたじゃないか！」

「だからどうだというの？　キスしたのはあなたが初めてじゃないわ」ロビンは敢然と彼を見つめた。

「ほほう？」リックはあざけるような笑いを浮かべた。

「ほんとうよ！　そりゃあ、あなたほどベテランじゃないかもしれないけど……」

リックがわざとらしく高笑いした。「君はまだまだベテランにはほど遠いさ」

「そんなの自慢するようなことじゃないでしょう」

リックは公園の近くの駐車場に車を止め、ロビンのほうに向き直った。「ぼくは自慢なんかしていない。現実に即して言っているだけだ」そしてロビンのあごを持ってぐいと自分のほうへ向けさせた。

「君はいったいぼくのような年寄りに何を求めているんだ？」

「年寄り？」ロビンはおかしそうに唇を震わせ、とうとう我慢できずに吹き出してしまった。「あなたって、ほんとにどうかしているわ」

リックは悲しげにほほ笑んだ。「そうかもしれない。だが、もし君が少しでもぼくを薄汚い年寄り扱いしたら、すぐに散歩を中止するからね」

二人は手をつないで公園を歩き、池に向かった。

「今朝は何をしに図書館へ来たの？」とロビンはきいた。

「本をさがしに行ったんだが、あそこにはなかった」

ロビンが自分のパンをあひるにやっていると彼が非難がましく見た。

「ケーキは全部食べるわ」と言うと、リックは袋の中からクリームドーナッツを出して渡した。ロビンはがっかりして口をとがらした。「あら、エクレアだと言ったくせに」

リックはにやりと笑った。「そうは言ってないよ。ぼくは透視ができると言っただけさ」

「だましたのね！」

「だったらどうなんだ？」

「どうって……べつに」ロビンはにっこり笑ってドーナッツを食べた。「私、ドーナッツも好き」

「そうだろうと思った」リックは、彼女の鼻の先についたクリームをさりげなくふき取った。横を通りかかった老夫婦が、二人の姿をほほえましそうに見ながら過ぎていった。リックがつぶやいた。「あの夫婦、ぼくのことを君の父親だと思ったようだ」

ロビンは挑むように彼を見つめた。「じゃあ、父親ではないことを証明したらどう？」

リックはまじまじとロビンを見た。「君にキスをしろというのかい？」

「ええ」落ち着き払った声にロビン自身も驚いた。

「この恥知らずな小悪魔め！　よし、いいだろう、君のお望みとあらば」

今回はロビンも心の準備ができていた。自分から彼の情熱的なキスを受け入れ、両手を彼の首にからめてふさふさした黒い髪をまさぐった。

やがてリックが体を離した。灰色の瞳が熱くうるんでいる。「ご満足いただけましたか、マダム？」

ロビンは体の力が抜けてしまったような気分だったが、リックが懸命にさりげないふうを装っているのが感じられたので自分も調子を合わせた。「少しもの足りないみたい」と、軽く応じる。

「公園じゃしかたないよ」リックは立ち上がり、ロビンを引っ張って立たせるとごみを捨てに行った。「キスをせがむのはもうお断りだよ、お嬢さん。君に頼まれるといやと言えないんだ」

「あら、私はただ、あなたが父親でも叔父でも兄でもないことを、あの老夫婦に知らせたかっただけよ」

「ところで、図書館でのあのゲームについてはまだなんの説明も受けていないんだがね」

ロビンは顔を赤らめて唇をかんだ。「話さなくちゃいけない？」

「それはそうさ。今ぼくがここにいるのも、すべてはあのゲームのせいなんだから」

ロビンはしぶしぶ説明した。リックの顔つきが険しくなった。彼は硬い声で尋ねた。

「どうしてぼくなんかを？」

「だって……ほかの人を知らなかったから」

「いや、ぼくがちょうど便利だったからだ。セルマに追及されても実在の男だから問題はない。引っ越してきて間がないから、君とデートしたかどうかぼく自身が人からきかれる心配もない。だからだ。違うかい？」

「ええ、そうよ」ロビンはしょんぼりと答えた。

リックは目を細めた。「なぜ君はボーイフレンドを作らないんだ？」

ロビンは肩をすくめた。「ただ、ボーイフレンドができないだけ」

「今まで一人も？」

「え、ええ、まあね」

「どうして？」

ロビンはかっとなった。「いいじゃないの、できなくたって！　いけないことなの？」

「場合によってはね」リックは、ロビンの若々しい体の曲線をゆっくりと見回した。「君は男のものになるのが怖いのかい？」

急に立ち入った質問をされてロビンは目を丸くした。たしかにこの一時間でリックとかなり親しくなったし、どうかと思うほど彼に対して好意を抱くようになった。だが、こんな個人的な質問を受けようとは思いもしなかった。

「どうなんだい？」彼が冷たく繰り返した。

「怖くなんかないわ！　そんなにききたいのなら言うけれど、私はセックスが好きじゃないの」

「一度も経験がないのにどうしてわかるんだい？」

「そんなこと言った覚えはないわ！」ロビンはくるりと背を向けて車のほうへ歩いていった。

リックがすぐには追いかけてきてくれないのでロビンはがっかりした。彼は数分遅れてのんびりと歩いてくると、悠長な手つきで車の鍵《かぎ》を出した。

「私、仕事に戻らなくちゃ」

「まだ十分あるから大丈夫さ」

ジャガーはまっすぐ図書館へ向かった。ロビンは何度か彼に鋭い視線を投げた。さっき私が言った一言に対してなぜ彼は何も言わず、質問もしないのだろう？　やっぱり私に興味がないのだ。きっと私にうんざりしているのだろう。

「ぼくが親切にしてあげたんだから、今度はお返しをしてもらわなくちゃ」とリックが唐突に言った。「今夜ぼくの夕食を作ってくれないか」

彼はまた会いたいと言っているのだ！　ロビンは有頂天になり、断ることなどかけらも思い浮かばなかった。「ええ、喜んで。ただ……私、ほんとうはお料理ができないの」

リックのいかめしい顔立ちがやさしくほころんだ。

「君はお母さんの才能を何一つ受け継いでいないというのかい？」

「ええ、残念ながら何一つ」

「それじゃ、町で持ち帰りの中華料理を買うのはどうだろう。君は中華料理好きかい？」

「ええ、大好き！」彼と一緒に食べられるのならくじらの刺身でも喜んで食べよう！

「今夜は迎えに行こうか、それとも君が歩いてくるかい？」

「歩いていくわ」ロビンは急いで言った。以前に何度か男友だちが迎えに来たとき、そのつど父が根掘り葉掘り相手に質問したため、彼らは二度とデートに誘ってくれなかった。

ジャガーが止まり、リックが降りてドアを開けに来てくれた。そして身をかがめ、唇に軽くキスをした。「君の友だちが見張っているといけないからね」

ロビンは頬を朱に染め、どぎまぎしてうつむいた。

「それじゃ今夜七時ごろに」

「うむ、七時に」リックはさっさと車に乗りこんで走り去った。

ロビンはしばらくじっとたたずんでいた。今の自分はリック・ハワースにすっかり心を奪われている。

特定の誰かにこれほど心惹《ひ》かれたことは今まで一度もない。リックのようにハンサムな大人の男性も初めてだ……。

「ロビン、仕事に戻る時間よ」

セルマだった。ロビンは我に返って顔を赤らめた。ぼんやり宙を見つめて突っ立っていた自分が恥ずかしい。「私、ついもの思いにふけっちゃって」と言いながら、セルマと並んで図書館に入った。

セルマがくすくす笑った。「もの思いというより、うっとりと夢を見ていたんでしょう？　ああ、うらやましい。私のほうが先に彼と知り合いたかったわ」

リックも、セルマのことを知ったらそう思うかもしれない。セルマは親密な関係になることにまったく抵抗を感じないし、私より少し年上だからリックにはうってつけだ。

「でも、現実には私のボーイフレンドだということを忘れないで」ロビンは思わず声を荒らげ、言い終わったとたんに後悔した。「ごめんなさい、セルマ、失礼なことを言ってしまって」

セルマは人のいい笑顔を見せた。「いいのよ。私だって、自分のボーイフレンドをあなたが横取りしたがったらいい顔しないもの」

「それにしても……」

「キャッスル君」聞き慣れた横柄な声はレブン氏だった。「君にちょっと話がある」レブン氏の様子にセルマはこれ幸いとばかりに一人で逃げ出した。

「キャッスル君、職場まで友人が訪ねてくるというのは決して感心できることじゃない。それともう一つ、図書館の入口の真ん前でああいう……愛情表現をしてもらっては困るじゃないか」

ロビンは真っ赤になった。「私は……」

「言い訳は無用だ。今後は二度と公衆の面前であのようなことをしないよう、気をつけたまえ」

その日は一日じゅうレブン氏ににらまれていたので、仕事が終わったときはほっとした。帰宅後ロビンは、夕食をリックと食べることを両親に話したが、実に気まずい思いを味わった。

母が眉をひそめた。「このところずいぶん頻繁に会っているわね」

「ママは彼のこと嫌い？」

「そういうことじゃなくて……」

「母さんが言わんとするところはだな……」と父がいきなり口をはさんだ。「おてんば娘だったおまえが急に年上の男にのぼせ上がってしまって、親としてはどうも不安だということだ」

「あなた！」

「私はあの男は気にくわん」

「あなたはあの人のこと知らないでしょう。お店に見えたときはいつもほんとに感じのいい人よ」

「みんなそういうものさ。店のカウンター越しに何がわかるものか。ロビン、あまりあの男と会わないほうがいいぞ」

「でも、今日でまだ三回目よ」ロビンも言い返した。

「三日間で三回だろう。この次は、取り返しのつかないことになったといって私に泣きついてくるのが目に見えている」

「あなたったら！」

「パパ！」

「わかったよ、言いすぎたことは認める。だがね、あの男のことを我々がどれだけ知っているというんだ？　三週間前にこの村に現れてオーチャード・ハウスを借りたということと……」

「あら、借りているだけ？」ロビンは鋭く尋ねた。

「そうらしいよ。リード夫人から聞いたんだからたしかだ。それに彼は郵便物を全部局止めにしている。オーチャード・ハウスは仮住まいにすぎないからといってね。そのこともおまえは知らなかっただろう？　結局おまえは、あの男のことを何一つ知らんじゃないか！」

ロビンは顔をぐいと上げ、かたくなに父をにらみ返した。「私はあの人のことが好きよ。そのことをちゃんと知っているわ。それから、私は彼にのぼせ上がっているわけじゃありません。私の気持は今はどうということもないわ。でも、今後はどう育つかわからない――パパたちさえ余計なおせっかいをしないでくれたらね！」ロビンはくるりと背を向けて家からとび出した。その拍子に、サッカーの練習から帰ってきたビリーとぶつかってしまった。弟の手からスポーツバッグが落ちた。

「ちゃんと前を見て走ってくれよ！」とビリー。

「ごめんね」バッグを拾ったロビンの頬には涙が光っていた。

「あれ、お姉ちゃん、泣いてるじゃないか！」

「泣いてやしないわ。じゃ、またあとでね」ロビンは涙をぬぐって震える笑みを浮かべたあと、そそくさと家をあとにした。

オーチャード・ハウスに着くと、ロビンはノックもそこそこに台所へとびこんだ。台所には人影がなかった。遠くからタイプライターを打つ音が聞こえる。リックの寝室にタイプライターが置いてあったことが思い出され、ロビンはすぐさま階段を駆け上がった。

「リック！　リック！」と叫びながら寝室のドアを開け、ぎょっとして立ち上がった彼の腕の中へとびこんだ。

「どうしたんだ？」彼はロビンをきつく抱き締めた。

ロビンはすすり泣いた。「もういいの。私を抱いて！」

リックは彼女の両腕をつかんで体を少し離した。

「説明してくれないと助けようがないだろう」

「助けてほしいんじゃないの。私は……私はキスしてほしいのよ、リック」つぶらなすみれ色の瞳がすがるように彼を見上げた。

リックは頑として言った。「ぼくは、自分が納得できないことはいっさいしない主義だ」

ロビンは鼻をすすった。「職場では上司から、図書館であなたと会うなど言われるし……家へ帰ると今度は父が……父が……」

「なんとおっしゃったんだ？　言ってごらん」リックがじれったそうに促した。

「ひどいことを言うの……あなたとつき合っているとそのうち……そのうち……」

「ぼくが君を妊娠させるかもしれないって？　そうおっしゃったのかい？」リックの表情が、驚きから愉快そうな笑みに変わっていった。

彼の反応を見てロビンはむっとした。「そのとおりよ。いったい父の言葉のどこがおかしいの？」

「その可能性が万に一つでもあればおかしくないさ。しかしぼくは君とベッドをともにするつもりは毛頭ないんだから」

「でも、そういうことは計画どおりにいくものじゃないでしょう」ロビンは腹立ちまぎれに言い返した。

「ぼくが君への欲望に負けて、自制できなくなるかもしれないという意味？」リックはかぶりを振った。「それはありえない。その種の衝動を自制する術《すべ》は何年も前に身につけたよ。それができないのは未熟な若僧や頭の狂ったやつさ。ぼくじゃない」

「あなたって……とても冷たい人のように聞こえるわ」ロビンの顔から赤みが消えていった。

「事実そうだ」

「じゃああなたは、前もって決めた予定どおりに女の人とベッドをともにするというわけね？　急に欲望にとりつかれることはないの？」

「ない。特定の女を自分のものにしたいという衝動に負けることもない。セックス自体はぼくも人並みに好きさ。人並み以上に好きかもしれない。だが、セックスに自分の人生を振り回されるのはごめんだ」

「なんだかずいぶん味けない生き方ね」

「今日の午後、セックスは嫌いだと言っていた同じ女性の口から出た言葉とは思えないな。ぼくはセックスは大いに楽しむタイプだが、欲望は自分で自在にコントロールできると言っているだけだ」

「あなたは異性を愛したことがないんでしょう？」

「君はあるのかい？」

「いいえ。あなたも同じじゃないかと思うわ」

「ぼくはあるさ！」リックはいら立たしげに言った。「とにかくこの寝室から出よう。こういう話をするような場所じゃない」

「あら、うってつけの場所に思えるけれど」

「ここにいたら、愛のないセックスでも楽しめることを、君に証明してやりたくなるかもしれない」

ロビンは顔を赤らめて話題を変えた。「さっきあなたはタイプを打っていたけど、あれがお仕事？」

「誰が仕事だと言った？」

「だって、みんな何か仕事をしなくちゃ」

「今のぼくの仕事は、詮索《せんさく》好きなヒステリー娘を一階へ行かせることさ」リックはロビンを寝室から押し出してドアを閉めた。「それから参考までに言っておくが、君のお父さんが心配されるのも無理はない。君は知り合ったばかりの男を信用しすぎる。たった今ぼくの寝室で二人きりになり、そのうえ、取りようによっては誘いかけるような言動をしたんだよ」

「そんなつもりはなかったわ！」ロビンは激しく否定した。しかし、自分が恥ずかしげもなく身を投げ出したのに、リックに拒まれたというのが現実だ。それは自分でもわかっていた。

リックは肩をすくめた。「いずれにしても君はほとんど無防備な状態だった。君は運がいいよ、純情なティーンエージャーがぼくの好みじゃなくて」

「あなただって、冷血な中年ロメオが私の好みじゃなくて運がよかったわね」ロビンも皮肉たっぷりにやり返した。

　リックは一瞬唇を固く結んだが、やおら口を開いた。「冷血動物かロメオか、どっちかに決めてくれないか。ぼくはどちらにでもなれるが、両方一度には無理だ」

「いいえ、あなたは両方よ！」

　リックはロビンの金髪をくしゃくしゃにかき回した。「まあまあ、落ち着いて。そんなに興奮したら夜眠れなくなるよ」

「私を子供扱いするのはよして！」

「だったら、子供みたいなまねをするのはよさないか！」リックの表情は我慢の限界が近いことを示していた。用心しないとまた追い出されるかもしれない。ロビンはふてくされた声でつぶやいた。「私、おなかがすいたわ」

　リックは苦笑した。「じゃあ、一緒に買いに行こう。それから、お父さんの言葉はそんなに気にすることはないよ。ぼく以外の男に対しては、用心するに越したことはないがね。さ、行こう。ぼくも腹ぺこだ」リックはドアを開けた。

　アムサルの町へ向かうジャガーの中で、ロビンは不機嫌な声で尋ねた。「どうしてあなたは、世話のやける私なんかとつき合いを続けるの？　私とベッドをともにしたいわけでもないのに、何か欲しいのかしら？」

「話し相手さ」

「話し相手？」ロビンはあっけにとられた。

「この数カ月、ぼくはほとんど一人で暮らしてきた。そして君と出会い、おしゃべりをしたとき、ぼくもやはり時には話し相手がほしいとしみじみ感じたんだ。それに今日の昼のデートは、君のほうがお膳《ぜん》立てしたんだからね」

「あのときはあなたがほんとに来るとは思わなかったのよ！」

「ご挨拶《あいさつ》だな。今さらそんな言い方はないだろう」

ロビンは自分でも子供じみていると思った。今車からほうり出されても文句は言えないところだ。ロビンはぶつぶつと言った。「ごめんなさい。私、ばかなことばかり言っているわ」

「まったくだ。もっとも、お父さんからお目玉をくらったあとだから許してあげてもいいよ。明日には店へ寄ってお父さんに一言言っておこう。ぼくはお嬢さんにはなんの下心も持っていないってね」

「あなたは私のことを娘のように思っているということだわ」ロビンは鋭く言い放った。

「そうじゃないことは君自身が百も承知じゃないか。君にはぼくもあっけなくおぼれてしまいそうな気がする。だが、そうなったらもう行き止まりだ。だから君には友だちでいてもらいたいんだよ、ロビン」

ロビンは友だちでなどいたくなかった。むっつり押し黙っているとリックが冷たく言い渡した。

「友だちか、さもなくば破滅だ」

「私は破滅を取ってもいいわ」

「ロビン、自分を安売りするのはやめるんだ！　若い男は近所にいくらでもいるじゃないか。どこの誰ともわからない男に身を投げ出す必要はない」

「私はそんなことしていないわ。そういう目でしか私を見られないのなら、今すぐ車から降ろしてもらうほうがいいわ」ロビンは声を詰まらせた。

「ほんとうにそうしてもいいんだぞ！」リックが恐ろしい声ですごんだ。

「いいわよ、そうしてちょうだい、さあ！」

「ロビン……」リックはさとすように言いかけた。

「早く降ろして！」ロビンの声は引きつっていた。

「やっぱりあなたの言うとおりよ。若い男性がいっぱいいるのに、あなたみたいな人とどうしてつき合う必要があるかしら！」

リックの顔が怒りに染まった。「君みたいに支離滅裂な女はめったにいないよ！」

「あなたほどぶしつけな人には初めて会ったわ！　早く車を止めて降ろしてちょうだい！」

ジャガーはきしみながら急停止した。

「君はまったくしゃくにさわる娘だ！」リックはさっと向き直って乱暴にロビンを引き寄せ、激しく唇を重ねた。怒りをぶつけるようなキスだった。

それでもロビンは応じたが、やがてあまりの激しさに恐れをなして身を振りほどいた。おびえた目で見上げると、リックの苦々しい表情があった。

「君の望みどおりではなかったのか？　まだまだ続きがあるんだよ」

「いやよ！　あなたなんかに近寄るんじゃなかったわ！」ロビンは急いでドアを開けてとび降りた。

「ぼくも同感だ」捨てぜりふを残してジャガーは再びタイヤをきしませながら走り去った。

ロビンはとぼとぼと家路をたどった。自分の愚かさが痛いほど身にしみた。リックは私のことを、退屈な夜の気晴らしに格好の相手だと考えている。私が彼に心惹かれていることなど、彼にとってはどうでもいいのだ。どうせ私は面白い子供にすぎない。キス一つ取っても、私は彼の相手ではない。リックの背景には美しい女性がいるはずだ。それは彼の奥さんであるかもしれない。いずれにしてもうぶで感情的な十八歳の小娘が、リック・ハワースの興味の対象となるなんて考えられない。

リックは友だちでいたいと言ったけれど、私はただの話し相手では満足できないほど彼に惹かれてしまっている。今夜はその思いを彼に伝えようと試みたが、ことごとくはねつけられてしまった。もう二度とあんなばかなまねはしない。

　帰宅すると居間に母がいて、心配そうにロビンを見上げた。「おかえり、ロビン。大丈夫?」

「ええ、大丈夫よ、ママ」ロビンは必死に涙を押し戻した。

「お父さんがおっしゃったことだけど……」

「いいのよ、ママ。どうってことないわ」ロビンはさらりと受け流した。事実、父の言った言葉は今ではささいなことに思えた。父は娘の身を守ろうとしただけだ。

「あら、とっても大事なことよ」母は譲らなかった。

「お父さんは憤慨してらっしゃるわ。あのときは言葉どおりの意味でおっしゃったわけではないけれど、おまえには見えない落とし穴が、お父さんには見えるということなのよ」

　ロビンはこわばった笑みを浮かべた。「パパにはもう心配しなくていいと言っておいて。私は二度とハワースさんには会わないから」

　母は不安な面持ちになった。「お父さんの言葉が原因じゃないわね?」

「ええ、パパには関係ないわ」ロビンはきっぱりとかぶりを振った。

4

　それから二週間過ぎ、三週間が過ぎた。ロビンは水色のジャガーを数回見かけたが、幸いリックは彼女に気づかない様子だった。あるいは、わざと知らんぷりをしていたのかもしれない。

　そしてある木曜日、図書館が休みなのでロビンが店番をしているとリックが入ってきた。彼は一瞬はっとしたようだったが、すぐに何くわぬ顔になった。

「いらっしゃいませ。何を差し上げましょう？」ロビンはぎこちなく言った。

「ぼくの郵便物を頼む」ぶっきらぼうな声。なんだかやつれて身なりもみすぼらしく、初めて会ったころに戻ったように見える。

　最近リックは全然食べ物を買いに来ないと母が言っていた。母はたまりかねてビリーに料理を届けさせている。皿はいつもきれいに洗って返されるが、今朝のリックを見ていると、母の料理さえも食べていないのではないかと思われた。

　急に心配になってきた自分をロビンはしかりつけた。リック・ハワースがどんな生活をしようと私には関係ない。カウンターの下をさがすと分厚い封筒が一通あった。それを渡すとリックはその場で封を切り、中から手紙を数通取り出した。差し出し人をぱらぱらと見ていた彼は、淡いブルーの封筒を目にして顔をくもらせた。カウンターを隔てていても、香水入りの便箋《びんせん》であることがわかる。

「くそっ！」リックが低くつぶやいた。

「彼女に居所を突き止められたのかしら？」ロビンは皮肉たっぷりに言った。

「彼女？」氷のように冷たい声だった。

「奥様よ」と、大胆にかまをかけてみる。

「妻はいない！」

「じゃあガールフレンドね」と言って、どっちでも自分には関係ないと言わんばかりに肩をすくめてみせた。だが、内心は正反対だった。三週間も会わなかったのに、リックに対する気持は以前と少しも変わらない。今も胸がどきどきして血が熱く駆け巡っている。それなのに、リックは平然と青い封筒をにらんでいる。

「ガールフレンドもいないさ」リックはやおら目を上げ、封筒をジーンズのポケットにしまいこんだ。

「ところでロビン……」

「ちょっと失礼、スティーブンスさんの注文をうかがわなくちゃ」ロビンはてきぱきとそう言って、カウンターを出た。

「あら、いいのよ、ロビン。私はシャンプーをどれにしようかと迷っているだけなんだから」とオールドミスのスティーブンスがやさしく言った。

「選ぶのを手伝って差し上げますわ」

「でもハワースさんが……」

「ハワースさんの用事はもうすみました」ロビンはいつも自分が使っているシャンプーを手に取った。

「これを試してごらんになったら？」

リックはその場に突っ立ったまま、長い間身じろぎもせずにロビンをにらみつけていた。やがて彼は腹立たしげなため息を残して店を出、音高くドアを閉めた。ロビンはほっとして、ようやくスティーブンスの応対に専念することができた。

「私がハワースさんを追い出したのでなければいいけれど」スティーブンスが支払いをしながら気遣わしげに言った。

「大丈夫。あの方は郵便物を受け取りに見えただけなんです」

「そうだったの。ただ、私はあの方があなたのお友だちだと思っていたものだから……」

ロビンはぎょっとした。「べつにそんなんじゃありませんわ」とごまかして背を向け、缶詰を棚に積み上げる作業にとりかかった。

「リード夫人から聞いたの――あなたがハワースさんのおうちへ何度か行ったって」

ロビンは赤くなった。リード夫人は村一番のおしゃべりで、最新のゴシップを相手かまわず話して聞かせることを無上の楽しみとしている。スティーブンスはリード夫人の隣に住んでいるのだが、本来は噂《うわさ》話に耳を傾けるような人ではない。ロビンが意外に思っていると、スティーブンスがすぐに察してこう言った。

「リード夫人はつまらないおしゃべりをよくするから、私はたいてい聞き流すことにしているの。ただ、あなたがハワースさんのおうちから出ていくところを、私も偶然見かけたから」

「私は母の使いで行ったんです。ハワースさんはあまり食べてらっしゃらない様子だと母が言うので」

「そんな感じね。あんなにハンサムな人だから、奥様がいてもおかしくないはずだけど」

「たぶんいらっしゃるんでしょう」ロビンはそう言っておいた。だが、妻はいないと言ったリックの言葉でどれだけ救われたことか。もし彼が結婚していたら、完全に手の届かない存在になってしまうところだ。とはいえ、あれほどあからさまに関心がないことを見せつけられてもなお、彼に惹《ひ》かれ続けるなんて愚かとしか言いようがない。自分でも抑えようがないのだ。あのキスのせいだろうか？

その日の午後、母が言った。「今夜、ハワースさんにお食事を届けてくれないかしら。ビリーは帰りが遅くなるそうだから」母は、娘がオーチャード・ハウスへ行きたがらないことを察して、この三週間はいつもビリーに料理を運ばせていた。

ロビンは食器を片づけながらにべもなく断った。

「私、行きたくないわ」

「でもねえ、ロビン……」

「だめよ。ママもわかってるでしょう、あんなことがあったんだから……」

「どんなことがあったのか、私は知らないわ」

ロビンは目をそらした。「たいしたことじゃないけど、ただ……彼には合わせる顔がないの。私、とてもばかなまねをしてしまって、彼に気まずい思いをさせたみたい」ロビンは、常に正直であれと両親に言われながら育ってきた。だから自分の気持を隠すのが下手で、リックに対しても素直に自分の思いを伝えたのだ。だが、そのばか正直さがそもそも失敗の原因だった。これからはもう二度とあんな愚かなあやまちは犯さない。冷淡で無関心なのがリックのお望みというのならそのとおりにしよう。もっとも、二人に未来があればの話だが。

「そんなにひどいことをしてしまったの？」母はやさしく尋ねた。

「ひどいなんてものじゃないわ！　とにかく私は行けないわ、ママ」

「じゃあいいわ、ロビン。私がブルーイットさんのお宅へ行く途中に寄ることにしましょう。彼女、お孫さんの服を縫ってほしいというから、今夜生地を取りに行くことになっているの」

ブルーイット夫人は目が悪いため、母はよく手伝いに行ってついでにおしゃべりを楽しむ。だが、今夜は意外に早く帰ってきた。手にはワンピースの型紙とかわいい花柄の生地を持っている。

「どうだったの？」ロビンはそれとなく尋ねた。

母はため息まじりに腰を下ろした。「年をとるって、ほんとにいやね。ブルーイットさんも昔はあんなに活発な人だったのに、今じゃずいぶん弱ってしまって。そうそう、ハワースさんのほうはあんまり具合がよくないみたいだったわ」

今朝見たリックも顔色が悪くてやつれた感じだった。「ほんとう？」

「あれじゃ無理もないわ。もともとオーチャード・ハウスは湿気があるし、そのうえハワースさんはどうやら暖房器具を全然持ってらっしゃらないようだし」

「でも、彼の寝室には暖炉があるわ」ロビンはぼんやりと答えた。母は眉をぴくりと上げた。

「あら、そうなの？」

ロビンは顔が熱くなった。「家具があるのは寝室だけなの。私、たまたま目に入ったんだけど。ほんとうよ、ママ」

「信じているわ、ロビン」母はやさしく付け加えた。「ハワースさんがあなたの様子をきいていらしたわよ。あれ以来全然来てくれないって、気にしてらっしゃるみたいだったわ」喜びを隠しきれない娘に、母が尋ねた。「この前はけんかをしたそうね」

「けんかの原因は聞いた？」

「つまらないことが原因だった、とだけ。明日時間があれば来てほしいとおっしゃっていたわ」

ということは、リックがこの前のことも今朝の私の態度も、すべて水に流すということなのだろう。ロビンは内心有頂天だったが、懸命にさりげない口調で言った。「そうねえ……夜、行けるかもしれないわ」

「ハワースさんが喜ばれるわよ、きっと。とても寂しそうな様子だったから」

ところが翌日の夕方、家へ帰る途中で運悪く自転車のタイヤがパンクしてしまった。つい今まで、早く帰ってリックの家へ行こうと胸ときめかして快調にペダルを踏んでいたのに、次の瞬間破裂音とともにすべてが幻と消えた。

「いまいましいわね！」ロビンは自転車を降り、ペちゃんこになった後ろのタイヤをなす術《すべ》もなく見つめた。

まだアムサルの町を出たばかりだから家まであと五キロ近くもある。今夜はもうリックの家へは行けそうにない。図書館で残業する当番だったから、もう八時を回っている。歩いて帰ったら九時を過ぎてしまうはずだ。

ロビンはぶつぶつと文句を言いながら長い道のりを歩き始めた。田舎道だから通る車も少なく、まして知り合いの車は一台も通らない。予想どおり九時過ぎに家へ着くと、意外にも玄関の前に父の姿はなかった。定刻に帰宅しないといつも父が心配して玄関に出ているのに……。

居間に入ると、母がびっくりしたようにロビンのふてくされた顔を見た。ロビンは不機嫌な声で事情を説明した。母はテーブルに夕食を出してくれたが、ロビンは食べる気がしなかった。

母が言った。「私はてっきり、直接ハワースさんのところへ行ったのだろうと思っていたわ」

「私はそんなことしないわ」

「もちろん、いつもはそうよ。でも今夜は——気にしないで。ま、無事帰ってこられてよかったわ」母は晴れやかな笑みを浮かべた。

「でも、もう遅すぎるわ」ロビンは口をとがらした。

「ハワースさんのところへ行くこと？　そうね、もう遅いわ。でも明日行けばいいでしょう」

明日なら会いたくない。今日会いたいのだ！　何もかもあのおんぼろ自転車が悪いのだ。あの自転車はリックと知り合うきっかけを作ってくれたが、今日は逆に邪魔をした。「ママの自転車からもらったタイヤもとうとうだめになってしまったわ」

「あれはかなり古いタイヤだからかまわないわ。それより夕食を食べなさい、ロビン」

ロビンは母を喜ばせるためにしぶしぶ食べ始めた。

母が再び口を開いた。

「お父さんはビリーのサッカーを見に学校へ行ってらっしゃるのよ。だから、どっちにしてもおまえを迎えには行けなかったわ」

「いいのよ。明日の夜なら行けると思うから」明日の夜が遠い遠い未来に思える。ロビンはすまなそうにほほ笑みながら、半分残った皿を押しやった。

「ハワースさんはわかってくださるわよ。もっとも今日の夕方あの方に、おまえが今夜たぶんほんの少し伺うと思いますと言っておいたんだけれど」

「まあ、ママ！」ロビンはおろおろした。

母は笑みを浮かべた。「あまりひたむきになるのは禁物よ、ロビン。とくにああいう男性はそういうことを決して喜ばないんだから」

「ママもその手でパパをつかまえたの？　わざとつかまりにくいふりをして？」

母は照れながら答えた。「時には策略が必要なこともあるものよ」

それからロビンは急に気が軽くなり、母の手作りのデザートをぺろりと平らげた。リックに対してはクールに接するほうが効果的だと、母も同じことを考えていたとは心強いかぎりだ。

だが、今週はよほどついていないらしい。翌朝ロビンは一足違いでバスに乗り遅れてしまった。今日にかぎってバスが定刻どおりに来たのだ。正規の時刻表に合わせて停留所へ行ってさえいたら間に合っていたのに、いつも五分か十分遅れるからと、たかをくくっていたのがいけなかった。父に車で送ってもらうことになったが、父の手があいたのは三十分もたってからだった。

図書館に電話をして遅刻することを言うと、レブン氏から不機嫌きわまりない返事が返ってきた。だが、それも無理はない。この三週間というもの、リックのことで頭がいっぱいだったロビンは、リックに会いたい、でも、会いに行ったら軽蔑《けいべつ》されるだけだ、といつも同じことばかり考えていた。そのために仕事の能率がすっかり落ちていたのだ。

一時間近く遅刻して図書館に着くと、レブン氏が険しい表情で言った。「遅刻をした穴埋めに、今日は残業してもらおう」

残業したら最終バスには確実に乗り遅れる。しかも今日はうちの閉店時間が遅い日なので、父に迎えに来てもらうこともできない。また五キロの道のりを歩いて帰らなければならないということだ。そして、帰宅時間が今日も遅くなる。どうしてこう何もかも、私をリックに会わせまいと邪魔ばかりするのだろう！

夜図書館を出て、家までの道のりを半分ほど来たところで今度は雨が降りだした。今ごろは父がようやく仕事を終えて、私を迎えに行こうというところだろうか。自転車はもう修理してくれたはずだ。あさっては日曜日。ありがたい。今週さんざんな目に遭った疲れをいやさなければ。

いくらも進まないうちにロビンはずぶぬれになってしまった。知らない人の車に乗ってはいけないと子供のころから母に言われていたので、車が二台誘ってくれたが断った。でも、次に誘ってくれた車には絶対乗ることにしよう。こんなことをしていたら肺炎になりそうだ。

後ろから近づいてきたヘッドライトがロビンのレインコートを照らし出し、数メートル後ろで止まった。振り向くと、どしゃ降りの雨の向こうにぼんやりと水色のジャガーが見えた。リック……。

リックが降りてきてヘッドライトの中に立った。

「なんてことだ、君だったのか。今時分こんなところで何をしているんだ？」苦虫をかみつぶしたような顔にロビンはかっとなった。

「ぬれているのよ！」鼻の先から雨のしずくがした

たった。

リックはいらいらしたようにため息をついた。

「早く車に乗るほうがいい。ずぶぬれになるのは一人でたくさんだ」と言ってジャガーのドアを開けた。

車内は暖かくて快適だった。ロビンは自分がどんなにみすぼらしい格好をしているか、意識せずにはいられなかった。髪の毛はべったりと頭にへばりつき、今も雨のしずくが首筋を伝っている。服もびしょぬれだ。レインコートの防水とは名ばかりで、雨をはじくのは最初の二分間ぐらいのものだった。

ロビンは、つっけんどんなリックに無性に腹が立ってきた。「私だって好き好んでぬれていたわけじゃないわ。この革張りのシートがぬれるのが心配なんだったら……」

「それを心配するんだったら最初から車を止めたりしないさ。君はいったい何を期待しているんだ？　同情か？　そいつは無理な相談だな。雨になることは、君が町を出る前から目に見えていたはずだ」

たしかに、いつもより暗いことには気づいていた。しかし、ロビンは早く帰りたい一心で深く考えずに図書館を出たのだ。早く帰ったら、ひょっとしてこの憎らしい男に会いに行けるかもしれないと、かすかな希望を持っていたからにほかならない。

ロビンはため息をついた。「まあね、雨になることはわかっていたわ。でも、図書館で夜明かしするわけにもいかないでしょう」

「自転車はどうしたんだ？」

「昨日パンクしたの。でも、自転車があったところでぬれることに変わりはないわ」

「降りだす前に家へ着いていたかもしれない」リックはジーンズのポケットから何かを出してロビンに渡した。「これ」

ハンカチかと思ったら、十ポンド紙幣が二枚あったのでびっくりした。「どういうこと？」

「新しい車輪を買うといい。最初からそうすべきだったんだ」リックはそっけなく言った。

「いいえ、けっこう」ロビンもとげとげしく応じた。

「取っておくんだ」

「いやだと言ってるでしょう！」

「いちいち逆らう女だな！」

「あなたみたいにいばりちらす人は知らないわ！」

ジャガーの中はぴんと張り詰めた沈黙に包まれた。ロビンは時折リックをにらみつけたが、彼はかたくなに正面を見すえていた。

「ゆうべはどうしたんだ？」不意にリックが吐き捨てるように言った。

「ゆうべって？」ロビンは一瞬なんのことかわからなかった。

「君はうちへ来るつもりだったんじゃないのか。お母さんの話では」

どうやら、ゆうべ行かなかったことで怒っているらしい。でもなぜだろう？　何週間も会わずにいたのに、なぜ今さら？　ロビンは肩をすくめてみせ、わざとクールにさりげなく答えた。「母はたぶんと言ったはずよ。しかたないでしょう、時間がなかったんだから」

リックの顔つきがいちだんと険しくなった。「相手は誰だったんだ？」

「相手？」

「君がゆうべデートした相手だ」

リックは、私が彼をすっぽかしてほかの男性とデートしたと誤解している。しかも、焼きもちをやいているのだ！　リックが妙に当たり散らす理由はそれしか考えられない。ロビンは甘い声で答えた。

「ゆうべは私、家で家族とのんびり過ごしていたの」

リックはむっとした。「なるほど」

「はっきり約束したわけじゃないから、あなたもそんなにがっかりしなかったでしょう？」

「もちろん」

車がロビンの家の前で止まった。リックが無言のまま、ロビンが降りるのを待っている。ロビンは唇をかんだ。

「私……今ならあなたのおうちへ少し寄ってもいいわ」降りたくなくて、ロビンはおずおずと言った。

「そんな格好で?」あざけるような口調だった。

髪も服もまだぬれたままなのを思い出し、ロビンは顔を赤らめた。「じゃあ、着替えてから」

「いや、今夜はよそう。ぼくは忙しいんだ」

ロビンの顔から赤みが消えた。「相手は誰?」

リックは悠然と座席の背にもたれた。「相手はタイプライターさ。ぼくの寝室にある、あれだよ」

寝室と聞いたとたん、この前けんか別れしたときの苦い思い出がまざまざとよみがえった。ロビンはわざと皮肉っぽく尋ねた。「あのタイプライターで何をしてらっしゃるの?」

「タイプを打つことさ」

「教えたくないのなら素直にそう言えばいいでしょう!」ロビンはかみつくように言った。

「いいだろう。君には教えたくない。これで満足したかい?」リックは、怒りに燃えるすみれ色の瞳を見つめた。

ロビンは憤まんやるかたなかった。リックは何一つ教えてはくれない。彼の過去ばかりか現在も相変わらず謎《なぞ》に包まれている。

「早く家に入ってぬれた服を脱ぐほうがいいよ。風呂に入って熱いものでも飲むことだ」黙りこんでいるロビンにリックが言った。

「でも私……」

「つべこべ言わずにそうするんだな」

ロビンは唇をかんだ。もうこれ以上時間稼ぎはできない。「明日は……あなたのおうちに行くほうがいい?」

リックは肩をすくめた。「お好きなように」

ロビンは胸を締めつけられたが、あえて追及した。

「あなたは私に来てほしい？」

「だから、どっちでも好きなようにと言っているじゃないか」

ロビンはこぶしを握り締め、彼をぶん殴りたい気持を懸命に静めた。「あなたなんか大嫌い！」声が詰まった。

「ぼくだってべつだん君に夢中なわけじゃない」

ロビンは真っ青になった。「ひどいわ……」

リックはため息をついて額から前髪をかき上げた。

「君に会うとどうもいけない。今も、実を言うと君を……」リックは口をつぐんでそっぽを向いた。

「いや、気にしないでくれ」

ロビンは身を乗り出して尋ねた。「今、私をどうですって？」

「たいしたことじゃない」リックは厳しい横顔を向けたままつっけんどんに言った。

「リック、言って、お願い！」

突然リックが振り向いてロビンの両腕を痛いほど乱暴につかんだ。「よし、いいだろう！　君が自ら求めたことだ」そして身をかがめ、唇を合わせた。

リックは手荒にロビンを抱き締めて狂おしく唇を求めた。情熱がいっきに噴き出してきたかのようだ。ロビンもキスを返した。唇がひりひりし始めているが、少しも気にならない。二人はお互いを求めて熱く燃えた。

だしぬけにリックがロビンの体を突き放した。そして吐き捨てるように言った。「どうしてぼくに近づくんだ？　君にとってはぼくが危険な男だということがまだわからないのか？」

ロビンはキスの余韻でぼんやりとしていた。「危険って……？」

「そうさ！　なぜだかわからない、とにかく君が欲しいんだ。だが、ぼくは君を奪いたくない」リックは苦悩に満ちたまなざしでロビンを見つめた。

「どうして奪ってはいけないの？」ロビンは静かに尋ねた。

「理由はよくわかっているだろう！」リックは荒い息を吐いてばかにしたようにロビンの全身を見回した。「ぼくがベッドに連れていく女は、文字どおり大人の女でないとだめなのさ。君もあと二、三年たてば合格するだろう」

ロビンは目を閉じて傷ついた心を隠した。彼はわざと私を苦しめている。ロビンは再びまぶたを開いてすがるように言った。「誰だって初めてのときがあるわ」

リックはキーを回してエンジンをかけた。「ぼくは君の初めての相手になる気はない」

「でもあなたは私が欲しいんでしょう！　さっきそう言ったわ！」

ロビンのすみれ色の瞳の中に、彼への愛があふれ出した。しかし、あらぬ方をにらんでいるリックは知る由もなかった。

ロビンは今はっきりと愛を悟った。私はリックを愛してしまった――よく知りもしない男を。彼のほうは私を愛していないことをあからさまに見せつけているけれど、でも、彼も私を求めているのだ！　男女の結びつきは、まず求めることから始まるのがふつうではないだろうか？　私もリックを初めて見た瞬間から、彼のしなやかな動きと精悍《せいかん》な風貌《ふうぼう》という肉体的な魅力に惹かれた。リックのほうは私より少し時間がかかったけれど、今では同じ気持で私を求めてくれている。

リックは苦々しげに言った。「今のぼくは、快く応じてくれる女なら誰だっていいんだ」

「じゃああなたは……私が手近にいるから――しかも快く応じるから――私を求めているだけなの？」

ロビンは急に全身の力が抜けたように感じた。

リックはさげすむように唇をゆがめた。「君は快く応じてくれるじゃないか、違うかい？」そして前方を見つめ、じれったそうにエンジンをふかした。「さよなら、ロビン。君はいつの日か、ぼくが今日言ったことに感謝するだろう」

「そうは思えないわ」ロビンは声を詰まらせた。

リックは、膝の上に置いたロビンの手にそっと自分の手を重ね、声をやわらげた。「いや、きっと感謝する日が来るよ」

「リック、あなたはこの村を離れるつもりじゃないでしょうね？」

「いや、まだここにいる。しかし、オーチャード・ハウスにはもう来ないでくれ。万一来たところで中には入れないからね」

「この村を出ていくときは……さよならを言いに来てくれるでしょう？」

「うむ、そうする。さあ、早く降りてくれ。それともぼくに押し出されたいのか？」

少しでもリックにさわられたいけれど、彼が今どんなにそれを避けたがっているか、ロビンにはわかっていた。「自分で降りるわ」

道に降り立つやいなや、ジャガーは轟音《ごうおん》もろとも走り去った。生まれて初めての愛――。でも、愛する相手をまちがってしまったのだ。リックはみすぼらしい服を着て高級車を乗り回し、謎に包まれているけれど、私のようなうぶな小娘と結婚する気がないことだけははっきりしている。

どんなにクールに接しようとしても、リックに触れられたとたん全身が熱くなってしまう。リックはそのことを百も承知で私を拒んだ。でも、ロビンは拒まれたことを恥ずかしいとは感じなかった。もしいつか彼の気が変わったら、いつでも喜んで彼のもとへ行こうと決めた今は。

店に入ると、父が店じまいの手を止めて笑顔を向けたが、娘のぬれた服に気づいて眉を寄せた。「雨が降っているのかい？」

父の悠長な質問にロビンは吹き出した。「いやだ、パパ！　こんなに降ってるのに」

「気がつかなかったよ。早く二階へ上がって服を着替えなさい。お母さんがおまえの食事を準備していたから」

ロビンは風呂に入って髪も洗い、服を着替えて食卓についた。

母がさりげなく尋ねた。「さっきの車はハワースさんだったの？」

ロビンは頬を染めた。母はおせっかいなタイプではないしそんな暇もないのだが、それでもなぜか母の目は何一つ見逃さないようだ。ロビンは静かに答えた。「ええ、そうよ」

「あとでオーチャード・ハウスへ行くの？」

「いいえ」

「あら、ほんと？」

「ええ、行かないわ」つい声が無愛想になった。母に詳しく話す気にはなれない。リックは私を求め、私も彼を愛しているなどと、どうして言えよう。

「またけんかしてきたの？」母はいらいらしたように尋ねた。

ロビンは苦笑した。「まるで私たちが子供みたいな言い方ね」

「でも、二人は顔を合わせると子供じみたことばかりしているように思えるわ。ハワースさんはふだんはとても感じのいい穏やかな方なのに、おまえとは寄るとさわるとけんかばかり。たしかにおまえは短気だけれど、理由もなしに怒る子じゃないわ。ハワースさんは、よほどおまえを怒らせるのがお上手みたいね」

ロビンは悲しげにほほ笑んだ。「私も彼に対してそうみたい」

「知っているわ。他人でも気がついているのよ――今日リード夫人が見えてね、おまえたち二人のことを私からきき出そうとしてたいへんだったわ」

「まあ、いやなおばさん」

「あの人は自分自身の楽しみがないものだから、他人のことで楽しみたいのよ。言うまでもないけれど、私は何もしゃべらなかったわ」

「ありがとう、ママ」

「私は思うんだけれど……」

そのとき、ビリーが部屋にとびこんできた。帰宅したときのロビンと同じように髪がぬれていて、肩には夕刊を配達するときの袋を掛けたままだ。

「ねえ、何があったと思う？」ビリーがいきなり大声で叫んだ。

母がさらりと返した。「さあね。あれこれ考えなくても、どっちみちおまえが教えてくれるでしょう」

ビリーはぬれた袋を肘掛け椅子に投げ出した。

「どうしてこんなに帰りが遅くなったと思う？」

「話してちょうだい」母は辛抱強く促した。

「ぼくね、車を見たときはほんとに信じられなかったよ。なにせぺっちゃんこだったんだもん。それでもまだエンジンは回っていたから驚きさ。もちろんぼくはスイッチを切ったけど……」

母が真剣な面持ちになって身を乗り出した。「ビリー、なんの話なの？」

「あんなにかっこいい車だったのに……」

「ビリー！」

ビリーは目をぱちくりさせた。「え？　うん、だから、あんまり急にあれこれあったからまだ頭の中が整理できないんだ。救急車にも連絡しなくちゃいけなかったし、たいへんだったんだよ。ぼくもさすがにちょっと泡をくったよ」

ロビンはやさしく言った。「ゆっくり説明してちょうだい。とにかく事故があったのね？」

「うん。ハワースさんがハンドルの上にかぶさってぐったりしていたから……」

「ハワースさん？」ロビンは真っ青になった。「リックが……リックが事故に？」声が苦しげに引きつった。

ビリーはうなずいた。「そうなんだ。あのジャガーが木にぶつかって、木を巻きこむような格好でぺしゃんこに……」

そのあとの言葉はロビンの耳には届かなかった。ロビンは暗黒の底へと引きずりこまれていった。

5

ロビンが気を失っていた時間はそれほど長くはなかった。しかしその間に母が父を呼んできて、父がロビンをそっと長椅子に寝かせた。

「リック……」ロビンは気がついて弱々しくつぶやいた。そしていきなりがばと起き上がり、熱に浮かされたように繰り返した。「リック！」

母がなだめた。「大丈夫よ、ロビン。お父さんが車でアムサルの町までおまえを連れていってくださるわ」

父が目を白黒させた。「私が？」

「ええ、そうよ、あなた」

きっぱりと言われて父は折れた。「わかったよ」

「今すぐ行きましょう」ロビンはさっと立ち上がったが、少しふらついた。早く病院へ行かなければ。リックのけががはどの程度なのだろう？　生死すらわからない。ああ、万一彼がもう息を引き取っていたりしたら……。

　再び取り乱しそうになったロビンを母が支えた。

「数分だけじっとしているほうがいいわ。少しはショックを静めてからになさい」

「いやよ、すぐに行かなくちゃ」リックが死ぬなんてありえない！　まさか！　ロビンの顔が苦悩にゆがみ、涙があふれ出た。

　母はロビンを椅子に座らせた。「そこにじっとしてるのよ、すぐに熱い紅茶を持ってくるから。その間にお父さんが病院に電話をかけてくださるわ」

「私がかけるのかい？」と父。

「お願い、パパ」ロビンはすがるように父を見た。

父はすぐに表情をやわらげた。「いいとも。ただし、ちゃんと熱い紅茶を飲むんだよ」

「ええ、約束するわ」早くリックの様子を知りたくてたまらない。でも、自分で病院に電話をかけるのは恐ろしい。もしも、リックは亡くなったと言われたら……。ああ、そのときは私も死んでしまいたい！

　紅茶は濃くて甘かった。ロビンのいちばん嫌いないれ方だが、おかげで少し元気が出てきた。

　電話をかけていた父が戻ってきた。さっと立ち上がって待ち受けるロビンに父が言った。「今レントゲンをとっているところだそうだ。だから、傷の程度はまだわからない」

　ロビンは深い安堵《あんど》の吐息をもらした。「少なくとも彼は生きてるのね！」

「もちろんだよ」ビリーが初めて口を開いた。「そのことはぼくがよく知ってるんだから」

「じゃあ、どうして先にそれを言わなかったの？」

母が息子をしかった。「それを聞いていたらロビンもこんなに心配しなくてすんだのに」

「だって誰もぼくに質問しなかったもん」

「じゃ、今から質問するわ」ロビンはとげとげしく言った。「あなたがリックを見つけて、そのあと彼はどうなったの？」

「救急車が来る前に自分で車から出てきたよ。ちょっとふらついてたけど、ちゃんと立っていた」

ロビンは安心のあまり急に体が震えだした。「早くそれを言ってくれたらよかったのに。どれだけいろんな想像をめぐらしたことか！」

ビリーは腑《ふ》におちない面持ちである。「いろんな想像って、どんな？」

「あなたにはわからないわ。わかりっこないわよ」

ビリーは不服そうに鼻を鳴らした。「言っとくけど、お姉ちゃんはちょっとおかしいよ。ハワースさんは……」

「そんなことは誰もおまえに質問していないわ。早くお風呂へ入ってらっしゃい」と母が遮った。

ビリーはぶつぶつ言いながら階段の上に消えた。

「さ、そろそろ出かけよう」と父。

「あなたのお食事は帰ってきてから温め直すわ」と母が父に言った。

父が、温め直した食事を好まないことはわかっているので、ロビンはおずおずと言った。「私、タクシーで行ってもいいんだけど」

「この辺じゃこんな時間にタクシーは来ないわ」と母が断言した。「お父さんに連れていってもらえばいいのよ。向こうでしばらく時間がかかりそうだったら、そのときはタクシーで帰ってらっしゃい」

父がドアを開けながら首を振った。「やれやれ、なんでも自分で段取りを決めたがるんだから！」

「私がそれをしなかったら、あなたはどんなに途方に暮れるでしょうね！」と母が応酬した。

ロビンは、両親が娘の気分をほぐそうとして冗談を言い合っていることを感じていた。だが、今はリックのことしか考えられない。母に見送られて外に出ると雨脚は少しも衰えていなかった。もともと安全運転の父はなおさらゆっくりと車を走らせ、ロビンのはやる気持を余計つのらせた。

病院の救急病棟前に車を止めた父はロビンに尋ねた。「一緒についていこうか？」

「い、いいえ、私……一人で行くほうがいいわ」ロビンはもじもじして自分の手を見つめた。「私、最近はなんだかばかなまねばかりしているから……。それをまたパパに見られるのがいやなの」

父は娘の手に自分の手をかぶせた。「おまえがあの男のことを好きなんだったら、それはべつにばかなことではない。ただ、相手にも一息つく余地を残しておいてやらないとね」

ロビンはほほ笑んだ。「パパは彼のことをよく知らないと思っていたけど」

「ああいうタイプは自由な空間がたっぷりないとだめなのさ」父は娘の手をやさしく握り締めた。

ロビンは父の頬にキスした。「じゃ、何かわかったらすぐ知らせに来るわ」

救急病棟にはこうこうと明かりがついていたが、不思議と人の姿は見当たらなかった。やがて看護師が一人現れてロビンに近づいてきた。

「何かご用？」中年の看護師は早口で尋ねた。ぼんやりしている若い娘にゆっくり話しかけている暇はないと言わんばかりである。

「私……ハワースさんに会いに来たんですが」

「迎えに来たのね」

ロビンは目を輝かした。「彼、もう帰ってもいいんですか？」

「それは人によって見方が違うわ。あなたはご親類の方？」

「いいえ……あ、あの、友人です」今でも友人と言えるかどうか怪しいものだ。

赤くなったロビンを看護師はばかにしたようにじろりと見た。「それなら待合室にいてちょうだい。ハワースさんは今テーピングをしているところだから、もうすぐ出てこられるわ」

「テーピング？」

「肋骨《ろっこつ》が折れているのよ」

ロビンは息をのんだ。「肋骨が？　でも……でも、それならうちへ帰らないほうがいいでしょう？　二、三日入院させてもらえないんですか？」

「もちろん入院すべきよ。でも、ハワースさんをベッドにくくりつけておくわけにはいかないでしょう」看護師は横柄に言った。

「わかりました。じゃあ私……」

「ロビン！」

振り向くと、廊下の向こうのドアからリックが出てくるのが見えた。ロビンはすぐさま駆け寄った。危うく彼の胸に抱きつきそうになったが、すんでのところで肋骨が折れていることを思い出した。リックの顔は土け色に変わっていた。とても痛いはずなのに、それでもまっすぐに立っている。見たところは額に切り傷が一つあるだけだ。

「リック……」ロビンはかすれた声で言った。最悪の事態まで想像していたことを考えれば、肋骨が折れたぐらいたいしたことではない。もっとも、リックはそうは思っていないだろうけれど。

「こんなところで何をしているんだ？」とリックが険しい声で言った。

しかしロビンはひるまなかった。看護師がじっと見守っている手前、なおさらだ。ロビンはつま先立って、リックの体には触れないようにしながら唇に軽くキスした。そして彼の腕に手を通し、挑むように堂々と顔を上げた。

「あなたを迎えに来たの」

リックはロビンを見下ろして唇をゆがめ、わざと長い間を置いてゆっくり答えた。「ありがとう。やさしいんだね」そして看護師に顔を向け、打って変わって真面目な口調で言った。「どうもお世話になりました。いろいろとありがとう」

リックの後ろから医者が出てきた。「そんなに感謝するよりは、二、三日ここに入院して合併症がないことを確かめるほうがいいのに」

「それについてはさっきお話ししたとおりです。それだけじゃない」リックはロビンを見下ろして皮肉たっぷりにほほ笑んだ。「こんな美人を長い間ほうってはおけませんよ。ほかの男に、ぼくよりもっと若い男に取られてしまいますからね」

ロビンは一瞬身を硬くしたが、リックに対抗して甘ったるい声でやり返した。「そろそろ行きましょうよ、ダーリン。先生たちはもっと大事な用事があってお忙しいんだから」

「こんな軽傷にはかかわってられないというんだろう」

「そんなことないわ。あなたはほんとうは入院するべきなのよ。帰るなんて非常識な……」

「もういい。よくわかったよ」リックが急に冷たく遮った。そして医者と看護師に別れの挨拶《あいさつ》を告げると、ロビンの腕を取って外へ出た。外へ出たとたん、さっさと手を離して厳しく詰問した。「君がここへ来たほんとうの理由はいったいなんなんだ？」

「だから言ったでしょう、あなたを迎えに来たのよ。父も来ているわ。車の中で待ってくれているの」ロビンは父の車のほうへ歩きだした。

「ちょっと待った！」リックがロビンの腕をつかんでぐいと振り向かせた。しかしそれが肋骨に響いたらしく、痛そうに顔をしかめた。「それじゃ君は、夜のこんな時間にお父さんを引っ張り出して、縁もゆかりもない他人を迎えに来させたのか？」

「あなたは縁もゆかりもない他人じゃないわ！」

「しかし君のお父さんにとっては……」

「念のために言っておきますけど、あなたを発見したのは弟のビリーなのよ。うちの家族みんながあなたのことを心配するのは当然でしょう」

「理由はそれだけ？」

あまりにも恩知らずな態度にロビンはかっとなった。「私がほかの理由で来たと思っているのなら、うぬぼれもいいところよ！　そんな人だったら、たとえ目の前で困っていても私は助けてあげない……」あとの言葉はリックの唇で荒々しく遮られた。

だが、その直後にリックはびくっと身を引いた。全身に激痛が走ったのだ。

とたんにロビンは心配になった。「リック、大丈夫？」

「大丈夫……ただ、死にそうなだけさ」リックはとぎれとぎれに自嘲《じちょう》の言葉をつぶやいた。

ちょうど運よく父がやって来て、リックを支えて車に乗せてくれた。ロビンは後部座席に乗りこみ、助手席にまっすぐ座っているリックを気遣わしげに見つめた。

「早くリックを連れて帰ってベッドに寝かせなくちゃ。ほんとうは今寝ていなくちゃいけないところなの」ロビンは父に言った。

「見ればわかるよ。ハワースさん、道が悪いからしっかりつかまっていてください」

車が上下するたびにロビンは命が縮む思いだった。しかしリックは声一つあげない。あんまり静かなので気絶したのではないかと心配になった。そのうちに、車が大きな穴を避けてカーブを切ったとき、彼がうめき声をもらした。

「ごめん、ごめん」父がやわらかく謝った。

「いいんですよ」リックは顔をしかめた。

ようやくオーチャード・ハウスに着いた。リックはどうにか車から降り、父に支えられて家に入った。

「ぼくはもう大丈夫です」とリックが言った。だが顔には血の気がなく、息遣いも荒くて苦しそうだ。

ロビンはきっぱりと言った。「私はここに残るわ。パパは帰って。そうでないとママが心配するから。私はリックをベッドに寝かしてから帰ります」

「私も手伝うよ」と父。

リックがうめくように言った。「ぼくはほんとうに一人のほうがいいんです。ご親切はありがたいが、今は一人になりたいから」そして背を向け、階段を上り始めた。

「パパ……」

「わかっているよ。それじゃ、帰りを待っているからね」父は娘の手を軽く握った。

「ありがとう、パパ」ロビンは震える笑みを浮かべて父に感謝のキスをした。

ロビンが二階の寝室に入ったとき、リックはジャケットを半分脱ぎかけていた。だが、動くたびに痛そうで悪戦苦闘している。ロビンに気づいて見上げた表情は冷酷そのものだった。「帰ってくれと言ったはずだ」

「ええ、聞いたわ」と言いながらロビンはジャケットを脱がせ、ワイシャツのボタンを外し始めた。リックはため息をついてベッドにぐったりと横たわった。たくましい肩からワイシャツを脱がせると、白い包帯を分厚く巻いた胸が現れた。ロビンは手が震えていることに気づかれないよう祈りながら、わざと冗談を言った。「私があなたの命令をいっさい無視すること、少しは感謝する気はない？」

「今は感謝している」リックは目を閉じて眠そうな声で言った。「全部脱がせてくれ。ぼくはいつも裸で寝るんだ」

それからの数分間ほどきまりの悪い思いをしたの

は生まれて初めてだった。ロビンは男性の裸体を見たことがなかった。無論服を脱がせるのも初めての経験だが、いつの間にかリックがぐっすり眠ったのでいくらか気が楽だった。

ロビンは上掛けを掛けてからリックの寝顔をじっと見下ろした。寝顔には嘲笑《ちょうしょう》も皮肉もなく、起きているときよりはるかに若く見える。彼とベッドをともにすることができたらどんなにいいだろう。このたくましい体が私のものだったら……。

とりあえず今夜はこれからどうするかを決めなければ。父は〝帰りを待っている〟と言ったが、よもや朝帰りは念頭にないだろう。でも、リックをこのままほうって帰ることはできない。ベッドから降りることさえできそうにないけが人なのだから。

一階の廊下に電話があるので、ロビンは家へ電話をかけた。母が出てきたので少しほっとした。今夜はリックに付き添うことにしたと言うと、母は当然だと答えた。しかしその向こうで案の定父が怒りだした気配がしたので、ロビンは早々に電話を切った。

今夜はリックの寝室で過ごすしかなさそうだ。ほかの部屋には家具がないが、リックの寝室には固いけれども一応肘掛け椅子がある。

リックは熟睡しているようだった。おそらく病院で鎮痛剤の注射をしたのだろう。だが、ロビンのほうはとうてい熟睡できる状態ではなかった。椅子が固いだけでなく、小さすぎるために居眠りすらできないのだ。うとうとするとすぐに頭ががくっと落ちたり、体がずり落ちたりしてしまう。ロビンは、リックの横に入って寝ることを真剣に考えた。今の彼は何もできないから絶対安全だ。しかし、朝になって彼から嘲笑されることを考えると、やはりできなかった。

ロビンはしかたなくじっと座っていた。電気は消してあるので本を読むこともできない。一分が一時間に思える。リックは眠り続けるばかりだし、結局は付き添う必要はなかったのかもしれない。

四時過ぎにリックが寝返りを打ち、その痛さでうめき声をあげて目を覚ました。ロビンはすぐさまベッドの横へとんでいった。リックはびっくりしたように目をしばたたいたが、すぐにすべてを思い出した様子だった。

「今、何時？」ぶっきらぼうな声だ。

「四時十五分よ。気分はどう？」

「最悪だよ」リックはうなるように言ってやっと起き上がった。「ただし、入院すればよかったのになどと言うんじゃないよ」

「言うつもりはないわ。でも、ちょっとおかしいわよ、いい大人が入院を怖がったりして」

「誰が怖いものか！　ぼくはただ、入院するほどのけがじゃないと自分でわかるから帰ってきたんだ。そんなことより君は、そこに突っ立っているだけで手を貸してくれないつもりなのか？」リックはいやみたっぷりに言って上掛けをはねのけた。

ロビンは声をのんだ。リックの裸体は薄暗がりの中に溶けこんでいるが、服を脱がせたときのことがまざまざとよみがえった。ロビンは急いで注意した。

「じっとしているほうがいいと思うわ。余計なことはしないで」

リックはからかうようにぴくりと唇をゆがめた。

「これは余計なことじゃないさ、ロビン」はっと気づいて真っ赤になった彼女を見て、リックがくすくす笑った。が、すぐ痛そうに身を縮めた。「笑わせないでくれよ。さあ、手を貸してくれないか、ロビン」

ロビンはきまり悪さを振り捨てて彼の腰に腕を回した。熱い肌にじかに触れると体が震えた。

「ぼくは目下君に襲いかかれるような状態じゃないさ」とリックが嘲笑した。

ロビンはもう気持を隠し通すことができなかった。いつもの真っ正直な自分でいるほうがいい。ロビンはリックを見上げ、かすれた声で告白した。「あなたに襲われるのなら私はかまわないわ。リック、お願い……」

「ロビン！　よせよ、けが人を誘惑する気か」リックは軽蔑《けいべつ》のこもった声で遮った。

「ごめんなさい。あなたが元気になるまで待つわ」

「それも願い下げだ。君が傷つくだけだよ」

「傷ついたっていいわ」声が詰まった。

「あとで泣いても知らないぞ」リックは浴室の前で立ち止まった。「ここから先は一人でいいよ。寝室に戻るときは君を呼ぶから」

ロビンは寝室に戻って考えた。私はリックを愛している。でも、彼に私を愛させることはできない。彼が私を愛していないということは彼の態度にはっきり表れている……。

「ロビン」

「え？」振り向いたロビンのすみれ色の瞳は涙にうるんでいた。

リックは一瞬怒ったような顔をしたが、すぐに寝室のドアの枠にぐったりと寄りかかった。「手を貸してくれないか」

「はい！」ロビンは気のきかない自分を反省し、急いで横から支えた。リックは、一人で浴室を出て寝室へ戻ってくるために全力を使い果たしたらしく、ロビンの肩に重くもたれかかった。ゆっくり歩いてベッドに着くと彼は恐る恐るベッドに腰を下ろし、ほっとしてため息をついた。

「ありがとう。君はなかなかいい子だ」

「やめて！」ロビンの目が苦悩にかげった。「私を子供扱いしようたってそうはいかないわ！　あなたほど大人じゃないかもしれないけど、子供ではないわ。私はもう一人前の女よ。女としての感情も持っているわ。そして……そしてあなたを愛しているわ」告白の重さに、ロビン自身が凍りついたように立ち尽くした。

「ロビン……」

「いいえ、同情は結構！」彼女はくるりと背を向け、唐突に言った。「私帰るわ。もう朝が近いし、私も出勤する前に少しでも眠っておかなくちゃ。あなたは一人になっても大丈夫？」ここで泣きだしてはならないと、ロビンは必死に耐えてかたくなに背を向け続けた。

「うむ、ぼくは大丈夫だ。しかし……」

「それならいいわ。あとでまた誰かに様子を見に来させます」ロビンはドアに向かって駆けだした。

「ロビン！　こんなふうに行かないでくれ！　お願いだ！」リックがもがくようにして起き上がった。

「私はあなたを愛していることを恥ずかしいとは思っていないわ。でも、もうここにはいられない……」とうとう涙があふれ出した。

リックの苦しげな息遣いだけが長い沈黙を破った。やがて彼が手を差しのべてやさしく言った。「こっちへおいで」

ロビンは急にのどがからからになって唇を湿した。

「そ、そこへ？　来てほしい？」

「そうだ」リックがじれったそうに言った。

「ああ、リック！」ロビンはもはやためらうことなく彼のもとに駆け寄った。が、胸が痛いかもしれないと思うと心配で、立ち止まってうるんだ目で彼を見下ろした。リックはやさしく彼女の手首を取ってベッドに座らせた。

「ほんとうは君を拒み続けるべきかもしれない。今は体が思うように動かないから、すばらしい経験になることを期待されると困るんだ」

ロビンはすべてを彼にささげることになんの恐れもためらいもなかった。ただ、彼が事故でけがをしてからまだ数時間しかたっていないので、体のことだけが心配だった。「あなたがよくなるまで待ってもいいのよ」と、恥ずかしそうにほほ笑んだ。

「君は待てるかもしれないが、ぼくはもう一秒も待てない。長い間君を拒み続けてきたが、今こそ君をぼくのものにしなければならないんだ」リックは彼女を押し倒して激しく唇を合わせた。

　ロビンも思いのたけをぶつけた。彼の手がブラウスのボタンをゆっくりと外していき、熱く息づく胸のふくらみを愛撫《あいぶ》した。ロビンは喜びの吐息をもらした。彼の唇が下へ下りていくと、快楽のうねりの中で今にも失神しそうになった。

　リックは再びロビンの唇に戻ってささやいた。

「君の体はすばらしい。ゆっくりしなければと思うんだが、ついつい心がはやってしまってね」リックはやさしくロビンの唇に唇を重ね、徐々に彼女の欲望を高めていった。

　スカートのファスナーに手がかかったとき、ロビンは抵抗するどころか自ら手助けした。一糸まとわぬ姿になって恥ずかしそうに見上げる彼女を、リックはまじまじと見回した。

「ああ、なんて君は美しいんだろう！」リックは荒い息を吐いた。「ほんとうに最後までいっていいのかい？」

「あなたは？」

「もちろん望むところだ。ただ、君が後悔するんじゃないかと心配で」

「私は決して後悔しないわ」ロビンは真っ正面から彼を見つめて言い切った。

　リックは彼女の胸もとに顔をうずめた。愛撫にいちだんと熱が加わり、二人の欲望は完全に満たされることを求めて互いに燃えさかった。

　突然リックがうめいて体を離し、弓なりに背を曲げてうずくまった。顔からさっと血の気が引いていった。ロビンはびっくりしてひざまずいた。

「どうしたの？　どうなったの？」

「肋骨が……やっぱり時を待つしかなさそうだ」

「私がいけないんだわ！　さあ、横になって」急いでリックを寝かすと、彼はじっとロビンを見上げた。その瞳の中に情熱の残り火を見て、ロビンはどぎまぎした。「安静にしてなくちゃ」

「若い娘を誘惑なんかせずに？」

ロビンは手早く服を身につけ、ほっと一息ついた。

「あれは誘惑とは違うわ」

「そうだね、そこまでにも至らなかった。ぼくが途中でだめになって、君にとっては運がよかったよ」

「とんでもないわ。それは逆よ」

リックはまぶたを閉じた。「そろそろ帰ってくれないか。話はあとにしよう——君が仕事から帰ってきてから。今は眠りたいんだ」

「今日一日あなたと一緒にいるつもりだったのに……私が近くにいるといやなのね？」

「今はそっとしておいてくれないか、ロビン。痛いから、いらいらするのはよくないんだ」

「わかったわ。じゃあ……また今夜」ロビンはしょんぼりとドアに向かった。

「ロビン」甘くやさしい声にロビンは勢いよく振り向いた。リックが片手を差しのべていた。「さよならのキスはしてもらえないのかい？」

ロビンは目を輝かして駆け寄り、ベッドの横にひざまずいてやさしく彼の唇にキスした。「愛してるわ、リック」

彼はロビンの金髪をなでた。「君のような女性は初めてだ。真っ正直で天真らんまんで、それがぼくの心を無防備にしてかき乱す」

「かわいそうなリック」ロビンはやさしく笑った。

「君は要注意人物だ。男を奴隷にしたがるタイプだから」

「あなたは絶対大丈夫、安全よ」

「それならいいんだが。さあ、ぼくがまた君を求めたくならないうちに帰ってくれないか。君はそれでもいいと言うが、ぼくはいやだ。君の初体験の相手がけが人でいいとは思えないからね」

「初体験と言った覚えはないわ」ロビンは憤然として言った。

「聞くまでもないさ。セックスは好きじゃないと言う人間にしては、むさぼるように応じてきた」

ロビンは真っ赤になった。「私、自分を抑えられなくて……」

「人間なら当たり前のことだよ、恥ずかしがる必要はない。さ、ぼくはほんとうに寝なくちゃ。君は帰るんだ」

「じゃあ今夜」

「今夜どうなるか、成り行きを見てみよう」リックはロビンの唇に荒々しくキスすると、背中を向けてしまった。

ロビンは雲の上を歩く気分でふらふらと家に帰り着いた。ベッドには行かずに台所で一人朝食を食べ、コーヒーを飲む。そのまま座っているうちに母が二階から下りてきた。

「いつ帰ったの？」と母が尋ねた。

「二時間ほど前よ」

「ハワースさんは眠れた様子？」

「ええ、数時間は」ロビンは立ち上がってドアのほうへ歩きだした。今どぎまぎしているところを見せたら、その理由も感づかれてしまうだろう。昨夜のことで、私がリックに思いを寄せていることは家族全員に知られてしまったのだから。

「どこへ行くの？」母が怪訝《けげん》そうに尋ねた。

「出勤の支度をしに。今日はもう遅刻できないわ」

「徹夜したのに仕事に出るつもり？」

「もちろん。心配しないで、ママ。気分は上々よ」

ロビンは母の頬にキスして服を着替えに行った。

図書館では一日じゅう、ロビンはうっとりと幸せな気分に包まれて過ごした。鼻歌を歌い、誰にでも輝くような笑みを投げた。その変貌《へんぼう》ぶりはセルマを驚かした。

「新しいボーイフレンドが見つかったの？」とセルマが尋ねた。

「いいえ」ロビンは浮き浮きして答えた。

「それじゃ――リックとよりが戻ったのね！　ねえ、そうでしょう？」セルマまで興奮して声を弾ませた。

「そうなの」

「今度は彼をしっかりつかまえられそう？」

ロビンは笑った。「なんとかがんばるわ」

夕方仕事が終わると、ロビンは一刻も早くリックに会いたくてまっすぐオーチャード・ハウスに行った。家へ帰るのはそのあとでいい。

リックはまだベッドか椅子で休んでいるはずだから、ノックはせずに入口を開けた。二階へ上がり、彼を驚かさないよう寝室の前でまず声をかける。

「リック？」

答えがない。また眠っているのだろう。彼の体にとってはいいことだ。目が覚めたら何か軽い食事を作ってあげよう。そしてそのあと――。

そっと寝室に入ったロビンは全身から力が抜けていくのを覚え、絶望感に打ちのめされた。ベッドも椅子もテーブルも残っているが、それ以外の身の回り品がことごとく消えていた。リックはいなくなっていたのだ！

6

ロビンは半狂乱になった。リックは約束を破ってさよならも言わずに行ってしまった。いや、今朝、さよならのキスをしてほしいと言ったのが最後の別れのつもりだったのだろうか？　それがわかっていたらキスなどしなかったのに！

どうしてリックはこんなふうに去ってしまったのだろう？　愛し合っていると、自分勝手に思いこんだ私がばかだったのだろうか？　彼は私が欲しいと言っただけで、愛しているとは一度も言わなかった。リックは、つき合っているといずれ傷つくことになると警告した。でも、今のこの苦しみこそ耐えられない。彼は、私が幸せの絶頂にいるときに私の人生から姿を消すことを選んだのだ。

どれだけ長い間そこにたたずんでいたのか、外はいつの間にか暗くなっていた。ロビンはのろのろと階段を下りて電気を消し、オーチャード・ハウスのドアを閉めた。もうここに来ることは二度とないだろう。外から屋敷を見るだけでも、リックに寄せたひたむきな初恋が思い出されて、つらいにちがいない。

ロビンは泣かなかった。というより、泣けないのだ。体じゅうがしびれてしまったようで、なんの感覚もない。

家に帰ると母が台所から大声をあげた。「まあ、ロビン！　無事だったのね！」母は、彼女がほんとうに自分の娘であることを確かめるように腕をつかんだ。しかし、安堵《あんど》感はすぐ怒りに変わった。「どこへ行っていたの？　お父さんも私もどんなに心配していたか！」

「私、リックに会いに行ったの」

「でも、あの人はもうあそこにいないわ」

「どうして知っているの？」

「お店に見えたからよ。おまえはそのあとどこへ行っていたの？　お勤めが終わってから何時間たったと思っているの？」

「私……ずっと考え事をしていたの」早く自分の部屋へ行って一人きりになりたい。ロビンはそればかり考えていた。

「こんなに長い間？」

「そうよ」無愛想に答えると母がため息をついた。

「おまえがショックを受けたことはよくわかるわ。ただ、お父さんはどうおっしゃるか……。今もおまえをさがしに行ってらっしゃるのよ」

「ごめんなさい。パパにもそう言っておいて」

「自分で言いなさい。もうすぐお帰りになるだろうから」

「私、ベッドへ行きたいの」

「ねえロビン……ゆうべのことだけど、あなたはまさか……」

「いいえ、何もなかったわ」ロビンは苦笑した。決して自慢できることではないと内心思った。

「そう」母は安堵の吐息をもらした。「ごめんなさいね、へんなこときいて」

「いいのよ、ママ、わかってるわ。じゃあ、もう寝に行ってもいい？」

「いいわ。ほんとうに大丈夫なのね、ロビン？」

ロビンは精いっぱいの笑顔を作った。「ええ。彼は私には合わなかったのよ、最初からわかっていたわ。大丈夫、いずれ私も立ち直るから。ところで……今日彼がお店に来たとき……私のこと何か言っていた？」

母はかぶりを振った。「いいえ、何も」

「そう……」急に、胸をさすような痛みが走ったが、ロビンは肩をすくめてごまかした。「気にしないで。じゃ、おやすみなさい」

ロビンは眠ることも泣くこともせず、放心状態でじっと闇《やみ》を見つめ続けた。父が帰ってきたときは険悪な声が聞こえたが、母のなだめる声とともに静かになった。

その後は父も母も、リック・ハワースのことにはいっさい触れなかった。ただ一人、セルマだけが二週間後に話をむし返した。

「また彼に逃げられちゃったのね？」セルマが休憩室に入ってきてロビンの横に座った。

この二週間、セルマとは決して同席しないよう避けに避けてきたのだが、とうとうつかまってしまった。ロビンは冷ややかに言った。「なんの話？」

セルマはチーズロールをほおばりながら言った。

「とにかくあなたのやり方がまちがっていたのよ」

ロビンは色を失った。「セルマ……」

「ごめんなさい。でもね、あなたがそんなに苦しむほど値打ちのある男なんて一人もいないわよ」

「あなたにはわからないのよ」

「たぶんね。でも、リック・ハワースを初めて見たときから、あなたが今に傷つくだろうと感じていたわ。彼、あなたの心をさんざん踏みにじって平然としていたでしょう、違う？」

人から面と向かってリックの名前を言われるのはあれ以来初めてだった。ロビンはぐいと顔を上げて答えた。「ええ、気にもかけてくれなかったわ」

気にかけていたら手紙なり電話なりくれるはずだが、連絡はいっさいない。まるで彼がもともと存在しなかったかのように。だが、彼がいなくなって数日後に、胸の痛みがいっきに襲ってきた。ロビンはすっかりやつれて顔色も青ざめ、もともときゃしゃな体がいっそう細くなってしまった。

「ベッドをともにしてみれば、そんなにいい男なんて一人もいやしないわ」とセルマが言った。「もっとも、彼はたしかにベテランみたいな感じだったけれど。それでも、あなたがその美貌《びぼう》をめちゃめちゃにするほどの価値はないわ」

美貌？　ロビンは自分のことを十人並みぐらいにしか思っていなかったので、セルマの言葉は意外だった。だが考えてみれば、魅力がなければリックも求めたりしなかったにちがいない。リック、リック、リック——ひどい人！

「それでいいのよ」セルマが満足げに言った。

ロビンは目をぱちくりさせた。「え？　何が？」

「あなたは今、彼に腹を立てているでしょう。最近のあなたは悲しそうな顔ばかりしていたけど、それよりは今のほうがずっとましってこと。私なんか何人のボーイフレンドに逃げられたか。でも、それでまいったりはしないわ。リック・ハワースはたしかに月並みな男じゃない感じだったけど、だからこそあなたも彼をつかまえられなかったのよ。私だったら彼と知り合っただけでよしとして、さっさと次の男を見つけるわ」

ロビンはかぶりを振った。「あなたはわかってないのよ。私は……私は……」

「彼を愛してしまったんでしょう。私は数えきれないほど愛したことがあるわ。愛なんてどうってことないわよ。ねえ、今夜一緒にディスコへ行かない？　新しいお友だちを紹介してあげるわ。リック・ハワースのことをきれいに忘れさせてくれるような人を」

「いいえ、結構よ」

「いつまでも落ちこんでいたってしかたないじゃない。新しいボーイフレンドが見つかったら、リックなんてすぐに心の中から消えちゃうんだから」

ありえない！　彼の思い出は永久に私の心に刻みこまれている。どんな男性が現れようとリックの代役にすぎないのだ。

セルマが笑いだした。「あなたの考えていることはわかっているわ。でも、それはまちがい。時がたてばリック・ハワースの顔さえ忘れてしまうわよ」

ロビンはセルマから何度も誘われ、とうとう根負けしてある夜ディスコへついていった。それが意外にもとても楽しかったので、それ以来数回セルマにつき合った。その間もセルマは次々と男性を変えるのだが、どの相手とも深刻な関係にならなかった。ロビン自身は何度かデートを申し込まれたが、それをすべて断ってただ踊ることだけを楽しんだ。

数週間たったある夜、ロビンはブライアンと知り合った。ダンスを申し込みに来た彼のルックスが気に入って、二つ返事で応じたのだった。ブライアンは長身で色が浅黒く、灰色がかったブルーの目をしている。年ははたちぐらいだが、そのわりに洗練された雰囲気を持っている。

ブライアンは踊りながら話しかけた。「ぼくはあまりこういう場所には来ないんですが、今夜は従兄《いとこ》に引っ張ってこられたんですよ。彼には感謝しなくちゃ」

ロビンははにかんだ。「従兄の方はどこにいらっしゃるのかしら？」

「あなたのお友だちと踊っていますよ」

見ると、セルマは金髪の背の高い青年と踊っていて、ロビンに気づくとウインクを投げてよこした。

ダンスが終わったとき、ブライアンが言った。

「飲み物を一杯ごちそうさせてください」

ロビンは迷った。でもブライアンはとてもハンサムで好青年に見える。「じゃあ、お願いしますわ」

ロビンはかすれた声で答えた。

ブライアンはうれしそうにほほ笑んでロビンを二階の席へ連れていき、バーのほうから飲み物を二つ持ってきた。二人は向かい合って座った。

「私、ロビン・キャッスルです」

「ぼくはブライアン・ウォーカー。休暇で伯父の家へ来ているんです。実を言うと、ぼくが頭を冷やすようこっちへ来させられたんですよ。ぼくは演劇学校に合格したのに、両親が猛反対でね。医者になれと言うんです。でも、父も兄二人も医者だから、もうこれ以上一家に医者は要らないでしょう」ブライアンはしかめっ面をしてみせた。

「ええ、そうでしょうね」

「それにぼくは血を見ただけで卒倒するんです」

彼の憂うつそうな表情を見てロビンは笑いだしてしまった。「それは大きなハンディキャップだわ、お医者様になるには」

「ぼくもそう思うんだけど、親はそんなことはすぐに慣れると言ってね。父の友だちにも、両親を説得するように頼んでみたがだめだったし――いや、気にしないでください。ぼくの悩みを打ち明けてあなたを退屈させるつもりじゃなかったんです」ブライアンは悲しげな笑みを浮かべた。

ロビンにとっては他人の悩み事について考えているほうが気がまぎれてよかった。「退屈だなんてとんでもない。それで、演劇学校はいつから始まるのかしら？」

「来月です。ぼくのことはもういいから、あなたのことを教えてほしい」

「話すようなことはあまりないわ」ロビンの話は数分で終わった。これまでのところ、ただ一つの事件を除いてロビンの人生は平々凡々としている。

ブライアンがじっと見つめた。「あなたは何かを隠しているような気がするんだが」

「あなたの気のせいよ」思わず声がとがった。

「いや、そうじゃない……。その男は、そんなにあなたをひどい目に遭わせたんですか？」

「男って……」ロビンはため息をついた。憎らしいほど勘の鋭い青年だ。「ええ、ひどかったわ」

「なんという人でなしだ！」ブライアンが吐き捨てるように言った。

「でも、無理やり愛させることはできないわ」

「どうしてそいつは君を愛せなかったのか、ぼくは理解に苦しむよ」

「しかたがないでしょう。この話はしたくないわ」

ブライアンは苦笑した。「ぼくも。ライバルは少ないに越したことはない。さ、もう一回踊ろう」

ブライアンからデートを申し込まれたとき、ロビンは承知した。セルマもブライアンの従兄のポールからデートを申し込まれたので、翌日の夜は四人一緒に飲みに行った。

セルマはほどなくポールと縁を切った。気取り屋だからいやだというのだ。しかしロビンのほうはブライアンとデートを重ねた。ブライアンは楽しい相手だったし、しかも純粋な好意を持ってくれているように思える。彼はおやすみのキスをするときも自分を抑えていて、決してそれ以上は求めない。

だが、ある夜映画に行った帰りにブライアンが濃厚なキスを求めてきた。ロビンが抵抗すると彼は不満そうに言った。「まともなキスをしたいだけなのに」

「ごめんなさい、ブライアン」

彼は車のシートに座り直してぼんやりと前方を見つめた。「君とつき合っていても、実りがないような気がする」

ロビンは身を硬くした。「あなたがそういうものを求めているとは知らなかったわ」

「肉体的なことを言ってるんじゃない。ロビン、ぼくは君に恋をしかけているんだ。君も気づいているだろう」

ロビンは気づいていた。でも、彼とつき合うことがあまりにも気楽で楽しいから、彼が言葉に出さないでいてくれたらいいとそればかり祈っていたのだ。

「ぼくは君のことを両親にも話したんだ」

「お二人とも反対なさったでしょう」ブライアンの父親はハーレー・ストリートで開業する一流の医者だと聞いている。そんな名門の御曹子《おんぞうし》だから、俳優になると言ったら両親がうろたえるのも当然だ。

「週末に両親が君に会いに来るんだよ」

「私に会いに？　なぜ？」

「ぼくは……真剣に考えていると親に話したんだ。君と結婚したい、と」

「どうしてそんなことをご両親に……」

「だって事実なんだから。そりゃあ、つき合い始めてまだ十日だということはわかっている。でも、ぼくは君を愛しているんだ。結婚したいんだよ。ぼくの両親に会うと言ってくれよ、ロビン。二人とも君に会うのを楽しみにしているんだから」

　ウォーカー夫妻がこの町までやって来る唯一の目的は、ロビンに末息子と手を切らせること以外には考えられない。ロビンはそう推測して断った。「私は会えないわ、ブライアン。お互いの気持もまだはっきり固まっていないのに」

　ブライアンはしばらくむっつりしていたが、やがて笑顔を取り戻した。「じゃあ、週末の件は取りやめにするから、近いうちにロンドンの家へ泊まりに来ると約束してくれるかい？」

　ロンドン！　ロンドンにはきっとリックがいるはずだ。彼に再会するチャンスは無きに等しいけれど、同じ町にいるというだけでも気分が違う。ロビンは慎重に答えた。「約束はできないけれど、考えておくわ。ただ、愛しているということは口にしないでね。まだまだ早すぎるわ」

　ブライアンは休暇が終わってロンドンへ帰ったが、その後もしょっちゅう電話をくれた。

　ある夜、ブライアンからの電話を終えて部屋に戻ってきたロビンに母が言った。「やさしい人ね」

「ええ、とても」ロビンは気のない返事をした。

「なんだか自信がなさそうね」母はまじまじと娘を見た。

「あら、彼のことは好きよ。でも、あまり真剣になられるとなんとなくついていけないわ」

「あら、彼は真剣なの？」

「そうらしいわ。今度の週末に彼のおうちへ泊まりに来てほしいって」

「そうなの」母は口をつぐんでしばらく思案していた。「おまえは行きたいの？」

「私……わからないわ。まだリックのことが頭に残っているし……」今もリックへの愛は変わらない。でも、ブライアンは大好きだ。リックと知り合ったりさえしなかったら……。

「ロンドンへ行けば、おまえの気持がはっきり決まるかもしれないわ——家族の中にいるブライアンを見ればね。やってみる価値はあると思うわ」

「そうかしら。でも、彼のご両親に会うなんて、正式の顔合わせみたいで……」

「ただ会うだけなんだからどうってことないわよ。いくらブライアンでも、週末の間に結婚式まで挙げることはできないでしょう？」

ロビンは弱々しく笑った。両親があれこれ気遣ってくれていることは痛いほどわかっている。父などは、リックの事件以来いささか過保護になっているくらいだ。「パパはロンドン行きを許してくれるかしら？」

「お父さんのことは任せておきなさい」

母の言ったとおり、父は反対しなかった。それどころか駅まで車で送ってくれた。そしてロンドンの駅にはブライアンが迎えに来てくれた。二人は互いに熱烈な抱擁をかわした。ロビンは、自分もブライアンを愛せるような気がした。リックが去ってからまだ二カ月しかたっていないから、時間が足りないだけのことだ。

ウォーカー邸は、その豪華な造りといい大勢の使用人といい、ロビンの恐れていたすべてを備えていた。到着したときウォーカー夫妻は慈善事業の昼食会に出かけていたので、ブライアンが寝室へ案内してくれた。

「ここが、うちでは最高の客用寝室なんだ」と、ブライアンが誇らしげに説明した。

たしかに、バスルームつきのすばらしい寝室だった。いつも弟のビリーとバスルームを使う順番でもめるロビンにとっては、初めて目の当たりにするぜいたくな部屋だ。

「夕食には兄たちも招待されているんだ。二人とも結婚しているから、奥さん同伴で来るだろう」

いかにも家庭的な一家団らんの夕食になりそうで、ロビンは逃げ出したくなった。「私のためにあれこれご面倒かけたのなら申し訳ないわ」

「そんなことはないさ。どっちみち今夜は、うちの両親の結婚三十五周年を祝うパーティを開くんだ」

「まあ、ブライアン！　どうして教えてくれなかったの？　私、お祝いを何も用意してこなかったわ」

「そんなの両親は期待してやしないよ。前もって君にこのことを知らせたら、来るのを取りやめにするんじゃないかと思って言わなかったんだ」

「そうね、来なかったと思うわ」

ブライアンはにやりと笑った。「やっぱり。とにかくほんのささやかなパーティさ、五十人ぐらいしか来ないんだから」

「五十人！　それでもささやかなパーティ？」ロビンはすっとんきょうな声をあげた。

「そうだよ。ふつうは二百人ぐらい招待するんだけど、最近母の調子があまりよくないからね。ところで演劇学校のことだけど、両親のほうが少し折れてくれたよ。もしぼくが演劇学校の厳しい訓練を一年以内に投げ出したら、そのときは家の伝統に従うということになったんだ」

「まあ。でもよかったわね」ロビンはしばらくしてブライアンに頼んだ。「お買い物に連れていってもらえないかしら。やっぱりご両親に何かプレゼントしたいわ」

「そんな必要はないよ」

「あるわ。さ、行きましょう」

スーツケースの中にはチョコレートの詰め合わせが入っているが、それはあくまで滞在のお礼に持ってきた品だ。ロビンはブライアンのアドバイスに沿って、ウォーカー夫人が集めているというスタッフォードシャーの小さな陶器を買い求めた。夕食後それを夫人に渡すと、夫人は心からうれしそうに礼を言った。

ロビンはウォーカー夫妻のことを横柄なタイプの人たちかと思っていたが、まったく予想が外れた。アリス・ウォーカーは五十五歳にしてなお美しいきゃしゃな女性で、とても静かで毅然《きぜん》としている。夫のジョン・ウォーカーは自信家ではあるが、妻への深い愛情を堂々と表に出してはばからない。

ブライアンの兄たちは二人とも少し気取り屋でうぬぼれが強い。長兄アンドリューの妻ダルシーは自分の美貌に自信満々だが、次兄リチャードの妻ジューンは、逆にまったく自信がないというタイプだ。ロビンはジューンのほうが気に入った。

夕食のあと、ウォーカー氏は長男と次男の三人で医学に関する議論を始めた。ブライアンがロビンの横へ来てちょっと顔をしかめてみせた。「いつもこんな調子なんだ」

「いつもじゃないでしょう、ブライアン」長兄の妻ダルシーが聞きとがめて言った。「それに、あなたは、お兄様たちの例に従わないでどれだけのことができるかしら」ずいぶん高圧的な言い方だ。ブライアンは意に介しない様子である。

「なんのことを言っているのかわからないよ」

ダルシーは色白の肌を紅潮させてブライアンをにらんだ。「演劇学校へ行くことよ。ねえジューン、あなたもひどいとは思わないこと？」

ジューンは小柄な黒髪の女性で、この自信家ぞろいの一族の中で一人途方に暮れているように見える。

「さあ……私にはなんとも。要はブライアンの気持次第じゃないかしら」

「とんでもないわ」ダルシーがぴしゃりと言った。「ブライアンは今は俳優になりたがっているけれど、来年はあの下品なポップ・シンガーたちの仲間入りをしたいと言いだすかもしれないわ」

「そんなばかな」ブライアンはにやりと笑った。「ポップ界では十九歳を過ぎたらもう年をとりすぎというわけさ」

「あなたはやっぱり医学の道に進むべきよ。そうすれば少なくとも生活が落ち着くわ」

「オリバーにはそれが通用しなかったじゃないか」

「オリバーがあんなふうになったのは本人の責任じゃないわ。女性たちが弱いのよ。オリバーほど有名なお医者様と生活するには、プレッシャーにも耐えられなくちゃ」

「じゃあ、メリンダがほかのドクターに鞍《くら》替えしたのはどういうこと？」ブライアンは冷笑した。

「それはメリンダが非常識だからよ」だしぬけにジューンが大きな声で遮った。「私の兄のことをこんなふうに話の種にしないでいただきたいわ」

臆病《おくびょう》そうなジューンが突然大声で言ったのでロビンは仰天した。ジューンは、ほんとうに必要なときにはどなりつけることができるのだ。

「悪かった」とブライアンが低い声で言った。

「ほんとうよ」とダルシーが追い打ちをかけた。

「かわいそうなオリバー。私は心から気の毒に思っているわ」

「兄に同情は要らないと思うわ」ジューンはぶっきらぼうに言った。

「彼、今夜はシーラを連れてくるかしら」

「当然でしょう。シーラは義理の姉ですもの」

オリバーだのメリンダだのシーラだの、ロビンにはさっぱりわからなかった。どうやらオリバーという浮気な青年がメリンダに捨てられ、さっさと次のシーラなる女性に乗り替えたということらしい。

「面白い連中だろう？」兄嫁二人が席を離れたあと、ブライアンがロビンに話しかけた。

ロビンはにこりと笑った。「私、気に入ったわ」

「しかし、集団で来られるとたじたじだよ。ジューンには君も度肝を抜かれたろう？」ブライアンはくすくす笑いだした。「リチャードだって彼女のことは死ぬほど怖がってるんだ。ジューンはおとなしそうに見えるけれど、いったん怒らせたらたいへんさ。例えば、彼女は自分の兄を尊敬し崇拝しているから、一言でも兄が非難されたらすごいかんしゃくを起こすんだ」

「お兄さんのオリバーという人は、メリンダと結婚してらしたの？」

「結婚はしていなかった」意味ありげな答えである。

「つまり……あ、父がぼくたちを呼んでいる。客に挨拶《あいさつ》しに行くんだ。さあ、行こう」

「私はいいわ。後ろにいるほうがいいから」

「でも……ああ、ぼくは行かなくちゃ。一緒に来てくれればいいのに」

ロビンがきっぱりとかぶりを振ったので、ブライアンはすごすごと離れていった。ロビンは一人笑みを浮かべて背を向けた。ブライアンのことを慎重に考えていてよかった。ウォーカー家は予想どおり、私の手の届かない世界であることがこれでよくわかった。ブライアンの身なりや高価なスポーツカーから、家が大金持であることはわかっていた。でも、この一族の団らんやパーティの様子を見ると、ブライアンが自分にふさわしい相手ではないことが充分納得できた。

それでも、今夜のロビンの装いは決して見劣りするものではなかった。この日のために新調したロイヤルブルーのドレスは、ロビンの髪に金糸のような光沢を与え、すみれ色の瞳を濃い紫に染めている。

ようやくブライアンが戻ってきたので、ロビンはにこやかに尋ねた。「お客様はこれで全部？」

「そうだよ――ああ、シーラとオリバーはまだだけど。あの二人は来ないんじゃないかな。目下二人ともあんまりつき合いがよくないからね」

新婚ほやほやのような話だったから、それも無理はない。今は二人きりでいたいのだろう。

ロビンがジューンとおしゃべりしているとき、今まで見たこともないほど美しい女性が部屋に入ってきた。髪が炎のような濃い赤毛で、豊かにうねりながら両肩に広がっている。化粧も濃くて、古典的な顔立ちを引き立てている。ほっそりとしたスタイル、長い脚、それらをぴったりと包む絹のような黒いドレス……。自信満々なタイプに見えるわりには目に落ち着きがなく、いらいらと室内を見回した。そしてジューンを見つけるとほっとしたように顔をほころばした。

「私の兄の奥さんよ」とジューンがロビンにささやいた。「行きましょう、ロビン、紹介するわ」

シーラはハスキーで魅力的な声をしていた。「オリバーは遅れてくるわ。もうすぐ着くはずよ」

ジューンがうなずいて先に紹介した。「こちらはロビンよ。ブライアンのお友だち」

シーラは緑色の瞳でロビンを見つめ、手を差し出した。「お会いできてうれしいわ」

「なぜオリバーが遅れるのか、理由をきいてもいいかしら？」ジューンが不機嫌に尋ねた。

「オリバーの性格はあなたも知っているでしょう」

「ええ、誰よりもね。ほんとにひどい兄だわ、いちばんの旧友のお祝いに遅刻するなんて。まさかオリバーはまたロンドンから逃げ出したんじゃないでしょうね？」

「違うわよ。落ち着いてちょうだい、ジューン、彼はきっとここへ来るから」

ロビンは巧みにその場を離れた。パーティそのものは決して楽しくはなかった。客の半数が医者で、残る半分が奥さん連中だと言っても過言ではない。こういう社会の中でブライアンが、医者になれという圧力に屈しないのが不思議なくらいだ。俳優になりたいというのは、案外ダルシーの推測どおり、自立したいというブライアンの気持の表れにすぎないのかもしれない。要するに、ウォーカー家の伝統とは毛色の違うことを何かしてみたいのではないだろうか。

ふと振り返ったロビンは、ウォーカー夫妻のほうへつかつかと歩み寄る男の姿を目にして棒立ちになった。これが、オーチャード・ハウスで知り合った陰うつな男と同一人物だとはとうてい考えられない。上等な背広に身を包み、シルクのワイシャツをのぞかせ、髪の毛も手入れが行き届いている。自信にあふれた悠然たる足取り。家柄のよさを感じさせる洗練された身のこなし。オーチャード・ハウスではそういうことにまったく気がつかなかった。だが、まぎれもなくあれはリックだ。けがは治ったらしく、動きはとても身軽でリラックスしている。

ロビンはあとずさりして人の陰に隠れ、リックがウォーカー夫妻に挨拶したあとジューンとシーラのほうに近寄るのをじっと見守っていた。

「やあ」

ぎょっとして振り向いたが、ブライアンだったのでほっとした。彼はロビンの肩に腕を回した。

「ずっと君をさがしていたんだよ」

ロビンは再びリックに目を吸い寄せられた。リックがこの同じ部屋にいることがどうしても信じられない。しかも、ロビンが恋に落ちたあのリックとは別人のように、この上流社会で我が家のように気ままに振る舞っている。

ロビンはブライアンに尋ねた。「あの人……今ジューンと話している人は誰？」

「ジューンと？　ああ、あれがオリバーだよ」

ロビンは口の中がからからになった。「オリバー……？」

「オリバー・ペンドルトンさ、ジューンの兄さんの。今夜の客の中ではいちばんの有名人だよ」

「有名人って……？」

ブライアンは、近くに来たウエイターの盆からグラスを二つ取り、一つをロビンに渡した。「彼は有名な専門医で、その関係の本も書くし、なんでもできるんだ。ぼくの父でさえ、自分の患者のことでときどき彼に相談するくらいさ。やっとオリバーが来たから、これから両親のために乾杯するという段取りだ」ブライアンはそう言って、手に持ったシャンペンを指さした。

乾杯の音頭をとったのはリックだった。もの憂いような、それでいて鋭い刃を含んでいるようなあの懐しい声。リックのウィットに富んだ祝辞は客たちの笑いを誘ったが、ロビンの頭には何も入っていなかった。こんなところで思いもかけずリックに再会し、しかも彼の名はリック・ハワースではなくオリバー・ペンドルトンだという。それだけでも大きなショックなのに、彼には美しい妻シーラがいることがわかった。これだけは絶対に許せない！

7

リックは、シーラという妻がありながら私を抱こうとしたのだ。最初は私とかかわり合いになるのを嫌って、私には興味がないことを盛んに見せつけていた。それも当然だ。あんなに美しい奥さんがいるのに、誰が私のような田舎娘に関心を持つだろう！

　それから、オリバー・ペンドルトンという名前に聞き覚えがあると思ったが、図書館で足の上に落とした分厚い医学書の著者が、ほかならぬオリバー・ペンドルトンだったのだ。

　では、リック・ハワースはなぜあんなみすぼらしい格好で村に住んでいたのだろう？　しかも私には、結婚していないと嘘《うそ》をついた。私の愛したリックはもういない。

「彼に紹介してほしいかい？」

　ロビンはぼんやりとブライアンを見上げた。ようやく質問の意味がのみこめたとたん、ロビンは鋭く言った。「いやよ！――あ、あの、彼は今忙しそうだから」

「シーラと話しているだけじゃないか。おいで。ぼくのガールフレンドたちはたいてい、早くオリバーに紹介しろとうるさいんだから」

　今夜ずっとリックを避け続けられるとも思えないので、ロビンはあきらめてブライアンに導かれるままリックのほうへ近づいた。シーラはどこかほかの客のところへ行ってしまい、リックは今度はジューンと話していた。

「もしこれがお兄さんじゃなかったら、なんて失礼なことをするのとどなるところだわ！」ジューンが語気荒くリックに詰め寄った。

リックが苦笑した。「今、現になっているじゃないか」

「本気になればこんなものじゃすまないんだから。もし私のパーティだったら、こんな遅い時間に来た人は門前払いにするわ」

「おまえのパーティだったらたぶんぼくは行かないだろうな」

ジューンが今にもかんしゃくを起こしそうな顔つきになった。「それならそれで結構！」

「落ち着くんだ、ジューン」リックはため息をついた。「ぼくがめったにこういう祝いの集まりに出ないことは、おまえもよく知っているだろう。今夜はアリスとジョンの特別な記念日だから、あくまでも例外だ」

ブライアンがロビンに耳打ちした。「そろそろ話しかけてもよさそうだよ。どうせジューンはオリバーに勝てっこないんだから。オリバーに勝てる人間は一人もいないよ」ブライアンは愛想よくリックに声をかけた。「ちょっとお邪魔していいですか？」

リックは振り向いたが、まだロビンには気づかずにブライアンに言った。「お邪魔するだけじゃなく、ぼくの妹をあっちへ連れていってくれたらありがたいんだがね」

「心配ご無用。私、自分で行きます！」ジューンは吐き捨てるようにそう言うと、夫のもとへ行った。

その後ろ姿を見守りながら、リックがおかしそうに言った。「リチャードは、どうして自分が怒られるのかわけがわからないだろうな」

ブライアンはにやりと笑った。「いつものことですよ。ところで、ぼくのガールフレンドを紹介します。こちらは……」

「ロビンです。ロビン・キャッスルです」ロビンはわざと遮って自ら名乗った。

リックの灰色の瞳が、ロビンをとらえた瞬間激しく動揺し、すぐ何くわぬ表情に戻った。「初めまして、キャッスルさん」かしこまった声である。

「初めまして、ペンドルトンさん」すみれ色の瞳が挑むようにきらりと光った。

「オリバーと呼んでください」

　ロビンは答えずに彼をじっと見すえた。リックもまた、眉一つ動かさずにロビンを見つめた。やがて彼はブライアンに顔を向けた。

「すまないが、ロビンとぼくの飲み物を取ってきてくれないか。どちらのグラスも残り少ないから」

「いいですよ」ブライアンは快く応じて立ち去った。

　ロビンはそっと震える吐息をついた。リックと二人きりになるとは予想もしなかった。

「ロビン、いったいどうしてこんなところに来ているんだ？」リックは好奇の目を逃れてロビンをすみへ引っ張っていった。

　ロビンは彼の手を振り払い、そしらぬ顔で答えた。

「ブライアンがたった今ご説明したでしょう、ペンドルトンさん。私は彼のパートナーとして来ているんです」

「ロビン――」

「キャッスルと呼んでください」

「わかったよ、キャッスルさんと言えばいいんだろう！　とにかく信じられないよ、振り向くとこんなところに君が立っていたなんて！」

「驚かしてしまったのならごめんなさい」

「驚いたなんてものじゃないよ。あれ以来ぼくは君のことばかり考えてきた。そして今、君がここにいるとはね」

　ロビンはこわばった笑みを浮かべた。「ええ、ここまで来たわ。ブライアンがとてもいい人だから」

　リックが唇をゆがめた。「どこでブライアンと知り合ったんだ？」

「ディスコよ――ディスコってどういうところかご

存じ？」ロビンはばかにしたように尋ねた。

「わかってるさ。君は信じないかもしれないが、ぼくだって何度か行ったことがある。ああ、ロビン……」リックの目が熱くうるんだ。「どんなに会いたかったか」

甘い声に引きこまれてはいけない。ロビンは自分を戒めた。今でも彼には魅力を感じてしまう。でも、この男は私を無情に欺き、私の家族をもだました。母は、この男を気の毒に思って料理を作ってやっていたのだ。もう二度と引っかかるものですか！リックは妻のもとへ帰ればいいのだ。さもなくば、彼を奥さんと共有することに抵抗を感じない女性を見つければいい。

ロビンは彼の熱いまなざしを無視して言った。

「けがのほうはよくなられたようね」

「うむ、ようやくね。ロビン……あの夜は……」

「ああ、あの夜？」ロビンは嘲《ちょう》笑《しょう》した。「ああいう時間帯って、人はよく柄にもないことを口走ったりするものだわ」

「それじゃ君は、ぼくを愛していると言ったのはまちがいだと言うんだね？」

ロビンは乾いた笑い声をあげた。「あら、そんなこと言ったかしら？いやだ、私ってなんておっちょこちょいなんでしょう！ところでペンドルトンさん、あなたのご専門は何？」と話題を変える。

「産科だ」

思いもしない答えだったのでロビンは顔を赤らめた。それと同時に、患者の女性たちがねたましく感じられた。

「新しい生命を誕生させるのは楽しい仕事だ」

「あなたご自身はお子さんは？」

「いない」

「そんなに断言していいのかしら」ロビンは意地悪く言った。そこへブライアンがグラスを二つ持ってやって来た。

「こんなところにいたのか。さがすのに苦労したよ」

リックはグラスを受け取りながらよどみなく言った。「人ごみがいやで避難したんだよ」

「かわいそうにロビンは、うちの家族のいちばん手ごわい連中に囲まれていましたからね。ほんとうはこんな雰囲気の中で彼女を紹介したくなかったんだけど」ブライアンはやさしくロビンの肩を抱いた。

リックは剣のように鋭い視線で二人をゆっくりと見回した。「ということは、近いうちに祝い事があると解釈していいのかな？」

「私……」

「早のみこみしないでくださいよ、オリバー。目下説得に努めている段階なんです――ロビンにはぼくがふさわしい相手だってね。でも彼女のほうは、まだ時期が早すぎて答えられないと言うんです」

リックはウイスキーをぐいと一口飲んでからロビンに顔を向けた。「時期が早すぎる？」

リックはロビンが自分には性急に愛を告白したことをからかっているのだ！　ロビンはかっとしたが、努めて冷ややかに応対した。「ある程度つき合ってみなくては、愛しているかどうかわかりませんわ。相手をよく知りもしないで好きになるのは、ただ一時の気の迷いにすぎませんもの」

「君は本気でそう信じているんだね？」とリック。

「ええ、信じていますわ、ペンドルトンさん。女性は顔立ちとか表面的な魅力に惹《ひ》かれる人が多いけれど、それは一時的なもので、ほんとうに愛するためには長い時間がかかります」

「君なら、一時の気の迷いなど決してないんだろうね」リックの目にはあざけりが浮かんでいた。

「それはみんなが知っていることですわ」

ブライアンは何も知らずに陽気に口をはさんだ。

「ロビンはぼくの気持をよく知っているから、今に彼女も同じ気持になってくれるでしょう。実を言うと、この週末の間に両親に発表できるようロビンを説得するつもりなんです」

「君はこの家に泊まっているのかい？」

「ええ。明日には帰りますわ」

「オリバーはね、つい最近君の住んでいる地方へ行っていたんだよ」ブライアンが無邪気にロビンに説明を始めた。「そのためにぼくの両親も、伯父の家へぼくをしばらく預けることを思いついたわけさ」

「君の伯父さんご夫妻にはぼくも向こうで何回か会ったよ。それにしても、君が戻ってくるなり結婚したいと言いだしたら、ご両親はさぞびっくりされることだろう」リックはそっけなく言った。

「ぼくは……あっ、また母が呼んでいる。親類におやすみの挨拶《あいさつ》をしに行かなくちゃ」ブライアンは急いでロビンの唇にキスした。「できるだけ早く戻ってくるからね」

「ここから出よう」リックがいきなりロビンを引っ張って廊下に出た。そして別の部屋に彼女を押しこんでドアをロックした。「一時の気の迷いとはどういうことなんだ？　説明してもらおうじゃないか」

ロビンは恐ろしくなってあとずさりした。「ドアを開けてください。人がへんに思うわ」

「ここに入るところを誰にも見られていないんだから、へんに思うやつもいないさ。だいいち、人がどう思おうとぼくは頓着《とんちゃく》しない」

「あなたはそれでいいかもしれないけれど……」不意にリックがロビンの腕をつかんで抱き寄せた。

「放して、リック！」

「リックと呼んだね。ペンドルトンさんはやめたんだね」彼の熱い息がロビンの前髪をそよがした。

ロビンは、男性的な肉体の魅力に負けまいと体をこわばらせた。「でも、ペンドルトンがあなたの本名なんでしょう？」

「リック・ハワースも本名さ。オリバー・リック・ハワース・ペンドルトン。これがぼくの名前だ」

「ご立派な名前ですこと！　でも、サンフォード村ではどうしてリック・ハワースを名乗ったの？」

「あのときのぼくはオリバー・ペンドルトンらしく見えなかったからだ」

「なんて巧妙なからくり。傑作だわ、私はまんまと一杯くわされて」

「違うんだよ、ロビン……ああ、ロビン！」リックがさらに強くロビンを抱き締めた。「ぼくは誰をだますつもりもなかった。一人でじっくり考える必要があったから、リック・ハワースを名乗るほうが好都合だったんだ。実を言うとぼくはあのころ婚約していた。しかし……」

「その話は聞いたわ」

「誰から？　そうか、ダルシーだな、違うかい？」

「さあ、誰だったか覚えていないわ」あのときはまさかリックの話だとは思わなかったから、それほど注意して聞いていたわけではない。

「絶対ダルシーだよ。彼女は他人の生活によからぬ関心を持ちすぎる。早く子供を作って暇をなくしたらいいのに」

「男の人はすべてそれで片づけるんだから！」

「そんなことはないよ、ロビン」声がかすれ、息遣いも荒くなった。「ああ、どれほど君に会いたかったか。君を残してあの村を離れたとき、ぼくがどんなに苦しい犠牲を払ったか」

「駅までのタクシー代を支払っただけよ、そうでしょう」ロビンは必死に冷たく言い放った。

「違う！」

「放してちょうだい！　そうでないと悲鳴をあげるわよ」ロビンはこれ以上リックに抱かれていることに耐えられなかった。挑むように見上げると、彼の唇がすぐ目の前にあった。

　もしリックがほんの少しでもかがんだら……。そんな不安がロビンの目に宿ったにちがいない。リックはいきなり唇を重ね、ゆっくりとせつないキスを始めた。ロビンはいつの間にか両腕を彼に回していた。リックは低くうめいて激しいキスに転じた。

　ようやく彼が顔を離したとき、ロビンはぐったりともたれかかった。

　リックがかすれた声で言った。「ロビン、ぼくがいけなかったんだ――あんなふうにサンフォード村を去るべきじゃなかった。年の差など問題じゃない。二カ月間離れていたのに、君を求める気持は今もまったく変わらない。もう君の魅力に逆らうのはやめるよ。ロビン、ぼくの人生の中にもう一度戻ってきてくれないか」彼の唇が熱に浮かされたようにロビンののどを這《は》った。

　これほど求めてくれているリックにイエスと答えられたらどんなにいいだろう。でも、妻シーラの存在を忘れることはできない。私の念願どおり、ようやくリックが私を熱烈に求めてくれたというのに、今度は私がノーと言って彼を拒まなければならないとは……。ロビンは身を切られる思いで彼の体を押し戻した。

「ペンドルトンさん、お気持はうれしいけれど、私の答えはノーですわ」と冷たく言った。

　リックははっとしたように顔を上げた。「君はわかっていない。ぼくは……」

「あなたの言いたいことはちゃんとわかっているわ！」声が引きつった。「あなたがどんな条件を出そうと、とにかく答えはノーよ」

　リックはロビンの顔をまじまじと見つめた。「君はぼくを愛していないんだね？」

「ええ。愛したことは一度もないわ。ご参考までに言っておくと、サンフォードは娯楽のないちっぽけな村だから、あなたという人が目新しくて謎《なぞ》めいて見えたのよ。だから私は……」

「その謎を探りたかったのか？　そのためにぼくをベッドに引きずりこんで、しゃべらせようとしたんだな？」軽蔑《けいべつ》に満ちた声だった。

「でも、あなたとベッドをともにしなくても、これですべてがわかったわ」

「せっかく楽しめるはずだったのに。君もそれは否定できないだろう？」

ロビンは思わず頬を染めた。「あなたのことを魅力的だと思ったことは否定しないわ」

「それを否定したら君は大嘘つきだ！」

「でも嘘をつくことにかけてはあなたのほうがうわてよ。いったいサンフォード村で何をしてたの？」

「書き物だよ」

「医学書？」

「いや、違う。今度はフィクションに挑戦していたんだ。主人公は、手術を受けなかったらあと六カ月の命だと宣告された男だ。彼は手術を受けないことに決めるんだが……一人になるために遠くへ行って、そこである娘と恋に落ちる。そして、手術を受けようという気になるんだ」

ロビンはさっと青ざめた。「私を利用したのね！　ひどいわ、私を小説のねたにするなんて！」

「利用したわけじゃない。ぼくの生活に干渉してほしいと君に頼んだかい？　仕事に専念するつもりだったから、好奇心旺盛《おうせい》な娘につきまとわれるのは迷惑だったんだ。それに、主人公が知り合う娘は君と似たところが一つもない。君よりずっと年上だし、君をモデルにしたのとは違う」

「でも……あなたは私を抱こうとしたわ。あなたはモラルというものを持っていないの？」

「もちろん持っているさ。君こそどうなんだ？　モラルとは、一人の人間に忠誠を尽くすことだ。どうして君はぼく一人を守れないんだ？」

ロビンはつかつかとドアに歩み寄って鍵《かぎ》を開け、振り返りざま吐き捨てるように言った。「あなたは女性一人では足りないかもしれないけれど、私は男性一人で充分。ブライアン以外には要らないわ」

「ロビン――」

「私のことはかまわないで！」

ロビンは広間へ走って帰った。リックが後ろから来ていることが感じられるので、一生懸命ブライアンをさがした。ブライアンもロビンをさがしていた。

「いったいどこへ行っていたんだい？」

「私……ハ、ハンカチを取りに二階へ」落ち着きのない目で後ろを見ると、リックがドアの近くに立って二人をじっと見つめていた。

「それだったらぼくも一緒に行ったのに」ブライアンが意味ありげに言った。

「でも、ご両親が許してくださらないでしょう」

「まあね。でもぼくは行くさ」

リックのところには今シーラが来て何事か話している。どうやら帰るらしい。やれやれだ。でも、リックの姿はこれが見おさめになることだろう。

「ロビン！」ブライアンが声を張りあげた。

「え？　何？」

「もう！　いったい何をそんなに見ているんだ？」

「べつに……。あら、またお母様がお呼びよ」

「やれやれ！　また客に挨拶させられるのか。ロビン、今度は一緒においで。また君とはぐれるのはごめんだからね」ブライアンは、ロビンの手を取った。

ロビンはうろたえた。ブライアンの両親と話しているのはほかならぬリックとその妻だったから。

「私、ここで待っているほうがいいわ。絶対ここを動かないから」

「だめ！　一緒に行こう」ブライアンはロビンを引っ張っていった。

手ばかり見つめているロビンの耳に、あざけりを含んだ声が聞こえた。

「おやすみ、キャッスルさん」

「おやすみなさい、ペンドルトンさん」ロビンはリックの襟より上を見ることができなかった。

シーラ・ペンドルトンが口を開いた。「お会いできて楽しかったわ、ロビン。ブライアンの話では、これからはあなたに会う機会が増えそうね」

ブライアンは得意満面で、その青い瞳には愛が輝いていた。でもロビンは、自分には彼の愛を受ける資格はないと思っていた。今なおリックを愛している以上、この週末が終わったら二度とブライアンとは会えない。

「そうなるかもしれませんわ、ペンドルトン夫人」ロビンは言葉をにごした。

「そうあってほしいわ。ねえ、オリバー？」シーラはやさしくほほ笑んで夫を見上げた。

「ロビンにはまたきっと会えるはずだよ」

ブライアンがロビンの肩をぎゅっと抱き寄せた。

「オリバー、ぼくにもあなたぐらい度胸があったらいいんだけど」

「度胸なんか必要ないさ。ロビンは一人の男しか愛さないタイプだと断言していたからね」

ブライアンはうれしそうにロビンを見下ろした。

「ほんとかい？　ほんとにそう言ったのかい？」

ロビンは上目遣いにリックをにらみつけた。「少し違うわ、ブライアン。私は、つき合っている人に対して誠実でありたいと言ったのよ」リックに当てこすりの一つも言ってやりたいが、やさしいシーラのことを思うと何も言えない。

「ということはだね、ブライアン、君はロビンにとって目下交際中の男にすぎないわけだ」とリックが言った。「女は浮気なものさ。ロビンのようなうら若い女性はとくにそうだ」

「浮気じゃなくて好き嫌いが激しいだけですわ」ロビンはぴしゃりとやり返した。

リックとシーラが帰っていったあとロビンは気が抜けてしまった。しかし、ブライアンのなれなれしさには閉口した。おやすみのキスも大胆なのでロビンは懸命に抵抗した。「やめて、お願い……」

ブライアンはロビンの寝室の前の廊下で、彼女を壁に押しつけて甘くささやいた。「ぼくが君の部屋へ入っても誰も気づかないよ。明日の朝、メイドが紅茶を運んでくる前に出ていけばいい」

ブライアンは今までに何度もそういう経験があるのかもしれない。「だめよ、ブライアン……」

「誰にもわからないんだから」彼はかすれた声で言いながら体を押しつけてきた。ロビンが押し返すとブライアンは怒りだした。「かまととぶるのはよせよ！　今時、結婚まで待つようなやつは一人もいないんだぜ」

「もしあなたと結婚するのなら、私も待ったりはしないわ」欲望むき出しの表情に恐れをなして、ロビンはブライアンを押しのけた。楽しくつき合ってきた好青年は姿を消し、今のブライアンは未熟な情欲のかたまりと化している。ロビンは語気鋭く言った。

「いやだと言ってるでしょう、ブライアン！」

「どうして？　もし相手がオリバーだったらいやだとは言わないだろう」

ロビンは顔面蒼白《そうはく》になった。「なんですって？」

ブライアンはふてくされた面持ちで両手をポケットに突っこんだ。「君たち二人が見つめ合っていたときのまなざし、ぼくはちゃんと見ていたんだぞ。君はオリバーの好みのタイプとは違うけれど、彼が君を気に入ったことはたしかだ」

ロビンは唇をなめた。「好みのタイプって？」

「彼はいつもはメリンダやシーラのタイプが好きなのさ。ああいうタイプの女はうるさいことを言わないからね。オリバーは自由が好きなんだ。彼の心をあと少しでつかみそうになったのはメリンダただ一人だよ。でも彼女は死んでしまった」

「死んだ?」ロビンは床が揺れたかと思った。

「そう。半年ほど前にね」

では、リックはその後シーラと結婚したわけだ。シーラを愛しているのだろうか? それとも寂しさに耐えきれずに結婚したのだろうか? リックにとってメリンダが大事な人であったのなら、すぐまた別の女性と恋に落ちるとは思えない。

メリンダはどんな女性だったのだろう? シーラ・ペンドルトンは、夫の過去を知ったうえで許しているように見える。私にはできないことだ。

「君はオリバーに気があるんだろう?」ブライアンが不機嫌な声で詰問した。

「そんなことないわ」そうは言ったが、自分でも説得力に欠ける言い方だと感じた。

「嘘だ! なんということだろう……ガールフレンドをうちへ連れてきたら、親類の男に夢中になっちまうなんて。それも、父親ほど年の違う男に!」

「彼はまだ三十六よ! そんな年寄りじゃないわ」

ブライアンが疑いの目を向けた。「オリバーが三十六歳だということをどうして知っているんだ?」

「私は……」

「そうか……君たちは以前からの知り合いだったんだな。そうなんだろう?」

「違うわ! ねえブライアン、私もう部屋へ入るわ。やかましくすると家族の皆さんに悪いから」

「みんなもう寝ているよ。しかし部屋に入るのは賛成だ。話の続きは中でしよう」ブライアンは寝室のドアを開けてロビンを押しこんだ。「それで、君はオリバーのことをどの程度知っているんだ?」

「私は全然知らないわ」それは事実である。

「じゃあ、なぜぼくと結婚してくれないんだ?」

ロビンはため息をついた。「それはあなたを愛していないからよ。そのことはリッ……オリバー――つまりその、ペンドルトンさんとはなんの関係もないわ。私はあなたを愛していない、ただそれだけのことよ」何を言ってもブライアンの耳を素通りしていることはわかっていた。

　ブライアンはうさんくさそうにロビンを見つめた。

「君は何か隠している……。オリバーは二カ月ほど前、君の住んでいる地方から帰ってきたけど体の具合が悪くて……」

「具合が悪かった？　肋骨《ろっこつ》を折ったこと？」ロビンは鋭くきき返した。

「やっぱりよく知っているじゃないか！　オリバーが肋骨を折ったことまで」

「それはその……さっき彼の口から聞いたのよ」ロビンはとっさに口から出まかせを言った。

「まさか。オリバーは自分からそんな話を持ち出す男じゃない。ましてパーティでは言わないよ」

「じゃあほかの人だったかしら……。そうよ、ダルシーよ、たしか」

「ありえない。ダルシーは医者の妻のくせに、病気やけがは大の苦手なんだ。オリバーが入院していた話なんか彼女が口に出すわけないよ」

「あら、彼は入院しなかったわ！　つまり……」

「つまり、君の知っている病院には入院しなかったということさ。もういいよ、ロビン、正直に認めることだ」ブライアンはため息をついた。

「わかったわ……たしかにオリバーとは以前に知り合ったわ。でも、あなたの考えているようなことじゃないのよ……何もなかったんだから」

　ブライアンはまるで殴られたような顔をした。

「ロビン……君を愛していたのに」

「ごめんなさい、ブライアン」ロビンはそっと彼の腕に触れた。

「オリバーが例の男だったんだね？」

「例の男？」

「ぼくたちが初めて会った日に君が話してくれたじゃないか」

ロビンはたじたじだった。「否定はしないわ」

「いったい何があったんだい？」

「何も」ロビンは肩をすくめた。「彼がいなくなってしまっただけ。でも……その理由がよくわかったわ。彼の社会的立場だってあるし、それにシーラという人もいるんだから」

「そうなんだ。オリバーはシーラに対する責任から決して逃げたりしない。彼女がすっかりふさぎこんじゃって、オリバーに帰ってきてほしいと言ったから彼も戻ってきたわけさ。しかし、彼の社会的立場については関係ないよ。オリバーは、自分の素性を知らない人たちの中にいるのがとても楽しいらしいんだ。だから、ふだんから世捨て人のような生活をしているくらいでね」

「ほんと、サンフォード村でもそんな感じの生活だったわ」

「だろう？」ブライアンの表情にかすかな笑みが戻ってきた。失意のひとときは早くも終わりかけているようだ。ということは、ロビンに寄せる思いもさほど深くはなかったのだろう。これも両親に対する一つの反抗にすぎなかったのかもしれない。

「ところで、彼はほんとうに入院していたの？」ロビンは心配そうに尋ねた。

「例の折れた肋骨のうちの一本が肺にささっていたんだよ」

「まあ！」ロビンは足の力が抜けてふらふらとベッドに腰を落とした。ブライアンがあわてて肩を抱き、一緒にベッドに座った。

「ごめんよ！　おどかすつもりじゃなかったんだ」

「わかっているわ……ちょっとショックだっただけ。

彼、そんなに重傷だったの？」

「一時はだめかと思ったよ。でも、今はすっかりよくなっている」

　ああ、リックは死にかけていたのだ。私はちっとも知らなかったけれど、リックは自分でわかっていたにちがいない。だからこそあんなに不意に村をあとにして妻のもとへ帰ったのだ。彼が、香水入りの手紙を読んで怒ったのは、シーラが気分がめいると書いてきたせいだったのだろう。

　なおも心配そうにしているロビンを見てブライアンが言った。「彼はほんとうに全快したんだよ。なんだったら自分で彼にきいてごらん――いや、無理だろうな。今夜の君たちは決して仲のいい感じじゃなかった」

「ええ、事実そうなの」ロビンは弱々しくほほ笑んだ。仲よくなることはもう二度とない。妻のある男性なら、永遠に手の届かない存在なのだから。

8

　翌日、ブライアンとの別れはスムーズにすんだ。ロビンが、今後は友だちとしてでなければ会いたくないと考えていることを、彼も認めざるをえなかったのだろう。

　ブライアンは駅まで見送りに来てロビンの頬にキスした。「うまくいかなくて残念だ」

「私も」ロビンはそっと彼の頬に触れた。ブライアンを愛することができたらよかったのに、と心の底から思った。

　彼が雑誌とチョコレートを渡した。「はい、これ。くれぐれも気をつけて」

　ブライアンはほんとうにやさしい。彼さえリックと親類でなかったら……。せっかくブライアンとつき合ってリックのことを忘れようとしていたのに、運命とはなんて皮肉なんだろう！

しかし運命をのろうなら、リックが妻帯者であることのほうが厳しい現実だ。彼にとって私は単なる遊び相手にすぎない。ただ、私の体を奪うチャンスはあったのに彼はそれをしなかった。彼にも良心があったのだと思うと救われる。でも、最後の日だけは違う。あれは傷が痛くて思いとどまっただけのことだ。

「ロンドンは楽しかった？」帰宅すると母が尋ねた。父は日曜日の新聞を読みふけり、弟のビリーは例によって外に出かけている。

「ええ、とても」ロビンは結婚記念日のパーティの模様を話して聞かせたが、リックに再会したことには一言も触れなかった。家族も、リックとは縁が切れたままでいるほうがいい。

もっとも、ロビン自身は彼のことを以前よりさらに忘れ難くなってしまった。しかし仕事が終わってからセルマと遊びに行くことはもうやめにした。気晴らしにはなったけれど、またブライアンのような青年が現れては困る。

セルマは目下、最近図書館で働き始めたアラン・ミッチェルという青年にねらいを定めている。しかしアランは彼女に関心がないらしく、むしろロビンと一緒にいる時間のほうが長い。彼はロビンの同窓生で、学校時代はスポーツが得意なせいもあって女子学生の間では人気ナンバーワンだった。ところが当時アランはプロの陸上競技選手になることしか頭になく、日夜練習に明け暮れていた。そしてある日、彼は大事故を起こして骨盤を骨折し、輝かしい未来は一瞬にしてついえ去ったのだった。

アランが図書館の仕事を選ぶとは意外だったが、ある日彼は昼休みにロビンにこう言った。「ぼくは昔から本が好きだったんだ」

二人は公園の木の下で、木もれ日を浴びて座っていた。リックと来た同じ公園だが、最近ロビンはわざと思い出の場所へ行ってみることにしていた。オーチャード・ハウスにも既に二、三回行った。

「でも、百八十度の転換ね――あら、ごめんなさい」ロビンは唇をかんで困ったようにアランを見た。

「気にしなくていいよ。君の言いたいことはわかっている。ぼくは図書館勤めになんの違和感もないんだ。実を言うと陸上競技はあまり好きじゃなかったからね」

「あら、あんなに熱心に練習していたのに」

「熱心なのはぼくの父だったんだよ。ぼくがよちよち歩きを始めたときから、ぼくを世界一の選手にすることが父の目標だった」

「あなたに相談もなく決めたということ？」

アランはにやりと笑った。「そりゃあ、よちよち歩きのころはまだしゃべれなかったからね。とにかくぼくは父を愛していたから、喜ばせてやりたかったんだ。どっちみち、人は皆人生の中でなんらかの役を押しつけられるんだよ。たとえばセルマを見てごらん。彼女は知り合う男を手当たり次第夢中にさせないと気がすまない。要するにセルマは不安なんだよ」

「セルマが？　不安？」

「そう。冗談好きでよく笑って、すぐにでも一緒にベッドへ直行してくれそうな感じだ。だが、それは事実じゃない」

「そうかしら？」ロビンは目をぱちくりさせた。

「セルマはごまかしているだけなんだよ。威勢がいいのは口先だけだから、次々とボーイフレンドが離れていくのさ。彼女は、ほんとうに愛してくれる人をさがしている不安な乙女にすぎないんだよ」

アランの鋭い観察にはびっくりさせられた。彼は二十一歳。長身でハンサムな青年である。スポーツをやめた今もすばらしい筋肉を保っている。ロビンはやわらかく言った。「セルマはあなたが好きなのよ」

「今のぼくではない。彼女の記憶に残っている学校時代のぼくのことだろう。今のぼくはもう英雄じゃないんだ。世界一の選手になろうとして失敗した、ただの男さ」

「失敗したのとは違うわ！　事故さえなかったらあなたは……」

　アランは立ち上がった。「ぼくは、もしこうだったらと考えないことにしているんだ。自分が惨めになるだけだからね」

　ロビンも立ち上がった。「セルマは今のあなたが好きなのよ」

「足を引きずって歩く男とデートしたって楽しいわけがないだろう」

「足が不自由なわけじゃないじゃない！」たしかにアランは片方の脚がほんの少し短いのだが、ほとんど気がつかない程度だ。

「完全な人間でもないさ」

「完全な人間なんて一人もいないわ」

「君も痛い目に遭って教訓を得たのかな？」

　ロビンは顔を赤らめた。「まあね。さ、そろそろ帰るほうがいいわ。レブンさんがうるさいから」

　図書館に戻るとセルマが意気込んで尋ねた。「ねえ、私のことをうまく売りこんでくれた？」

「ええ。でも、あなたとデートしてほしいと頼むまでにはいかなかったわ」少なくとも、セルマの気持をアランに伝えるという約束だけは果たした。

「そう。でも、私のことを話してくれただけでいいわ——ああ、そうだわ、忘れるところだった。あなたにお客様が見えているわよ」

「私に？　ビリー？」

「いいえ」セルマがにやりと笑った。「例のリックのそっくりさん。とても身だしなみのいい人よ」

とたんにロビンの体が震えだし、言葉もしどろもどろになった。「彼……ど、どこにいるの？」

「奥のソファに座っているわ。Aの棚の近くよ。あなたがアランと出かけた直後に来て、ずっと帰りを待っていたのよ」

ロビンはうわの空でAの棚のほうへ向かった。リックに再会することへの不安と期待が激しく交錯した。しかしロンドンから帰ってきて以来、この一週間というものは半分死んだも同然の気分だった。今またリックに会えると思うと、やはり喜びがこみ上げてくる。

ロビンはさまざまな思いを巧みに隠し、冷ややかな表情を作ってからリックに近づいた。それでも、彼の姿を一目見るなり胸が締めつけられそうになってしまった。チャコールグレイのピン・ストライプの背広、純白のシルクのワイシャツ。ほれぼれするほど堂々とした彼は、かつてのリックの面影をかけらも宿してはいない。オリバー・ペンドルトンそのものである。

だが、その灰色の瞳はまさしくリックだった。彼は思わずロビンのほうに一歩踏み出して止まり、かすれた声で言った。「ロビン……」

今ここで彼に愛を告白したい！　しかしロビンは必死の思いでその衝動を抑えた。黒いタイトスカートとピンクのブラウスは、自信あふれる女性の雰囲気をかもし出してくれているにちがいない。ロビンは思い直してよそよそしく言った。「こんにちは、ペンドルトンさん」

「まだ他人行儀なつき合いが続いているわけだね」

「どういう意味かわかりませんわ」

「君がぼくのことをリックと呼んでくれたら、また友だちに戻ったことがわかるというわけさ」

「過去に友だちだったことがあったかしら！」

「じゃあ、恋人」

　ロビンはあわてて周囲を見回し、声をひそめて怒った。「人がいるんだから気をつけてちょうだい！　私たちが恋人同士だったことは一度もないわ！」

「そうだったかな」リックが不意に真顔になって話題を変えた。「君が一緒に昼飯を食べに行った男は誰だったんだ？」

「アランのこと？　彼は……」ロビンはためらいながら嘘《うそ》をついた。「私のボーイフレンドよ」

「ほんとうに？　ぼくと知り合うまではボーイフレンドが一人もいなかったと言っていたが、今はそれを埋め合わせるかのようにご発展だな」

「それのどこがいけないの？　私はまだ誰のものと決まったわけでもないのに」

　リックがロビンの腕をぐいとわしづかみにした。目がぎらぎらと光って恐ろしい表情に変わっている。

「いや、君はぼくのものだ。ぼくから君を奪い取ることは誰にも許さない――誰にもだ。ついさっき、君が一緒に帰ってきたあの若僧にも決して許さない」

　リックの独占欲を見せつけられて、ロビンは思わず感激した。でも、今さらもう遅い！　ロビンは彼の腕を振り払ってそっけなく言った。「ご参考までに言うと、アランは若僧なんかじゃありません。それから、私はあなたのものではありませんわ、ペンドルトンさん。私にはもうつきまとわないでください」

「いやだ！」リックがうなるように低く言った。

「でも、私は絶対相手にしないわ！」

「やってみるといい。最後には君を根負けさせてやる。じゃ、また会おう」

「会うものですか！」

　リックはロビンの頬に軽く触れ、薄笑いを浮かべて立ち去った。ロビンは憤まんやるかたなかった。もしここが図書館でなかったらわめきだしていたことだろう。再び戻ってきたリック。今度は徹底的に私につきまとう気でいるらしい。

「彼って、見るたびにハンサムになっていくわ」いつの間にかセルマが横に来ていてうっとりとささやいた。

「あんな横柄な男!」

「でも、あなたは彼のそこがいいんでしょ」

「とんでもないわ!」

「嘘おっしゃい!」セルマは笑みを投げて自分の持ち場へ戻っていった。

ロビンは足音も荒く職員の控え室へ行って、ジャケットをロッカーにしまった。表情も険しく髪をといていると、通りかかったアランがおかしそうに言った。

「どうしたんだい? 遅刻はしなかったから、レブンさんには何も言われなかっただろう?」

「ええ、なんでもないわ」ロビンはかみつくように答えた。まだ胸がむしゃくしゃしている。リックは、指を鳴らせば私が尻尾を振って走ってくると思っているのだ。誰が愛人なんかになるものですか。

アランはまじまじとロビンを見てやさしく尋ねた。

「君は、なんでもなくても怒る癖があるのかい?」

ロビンは肩の力が抜けてしまい、ため息をついた。

「そんなことないわ。私、実はさっき昔のボーイフレンドに会ったの。といっても若い人じゃないんだけど」

「いくつなんだい?」

「三十代半ば。それはべつにいいんだけど……」

「じゃ、なんなんだい?」

「実は……あなたのことを私のボーイフレンドだと彼に言ってしまったの」

「なんだって?」

「ごめんなさい、アラン。彼が勝手に誤解したの。あなたと私が親しいんじゃないかって。だから……そう信じさせておいたの」

「どうしてまた？」

ロビンはうなだれていたが、やがてすがるようにアランを見上げた。「彼、結婚しているの。そうとは知らずに私……彼を好きになってしまって」

「彼が先に言わなかったんだね？　そうか。よし、わかった。君のボーイフレンドになるよ。じゃ、今夜のデートはどこへ行きたい？」

ロビンは笑いだした。「名前だけのボーイフレンドでいいのよ」

「そう。実を言うと今夜はセルマにデートを申し込もうと思っていたんだ」

「ほんとう？」ロビンは顔を輝かした。

「彼女、オーケーしてくれるかな」

セルマはどんなに大喜びするだろう。でも、アランにはそう言わないほうがいい。「自分できいてみたら？」

「うん、そうするよ」

アランとおしゃべりしたおかげで気分が少し落ち着いた。リックに対する怒りもいくらかやわらいだ。でも、どんなことをしてもリックを追い払おうという気持に変わりはない。

午後、セルマはアランとのデートが決まって大はしゃぎだった。五時に仕事を終えて一緒に外に出ながら、彼女がロビンに尋ねた。「何を着ていったらいいと思う？」

「そのことはもう何回も言ったでしょう、セルマ。映画に行くんだから、気楽な格好がいいって」

「ええ、でも私は……」

「そりゃあ、あの黒いドレスはあなたによく似合うけれど、映画に行くにはふさわしくないわ」

セルマが鼻にしわを寄せた。「どうして彼はディスコに誘ってくれないのかしら」

「彼は足が痛むからうまく踊れないのよ」

「ああ、どうしよう！　私、彼の前でうっかり口をすべらしてしまいそうよ」

「今日は午後からずっと同じことの繰り返しよ。あなたはアランの誘いを断るべきだったみたいね」

「冗談じゃないわ！　私は学校のころから彼にあこがれていたのよ。デートを申し込まれたのが今でも信じられないくらい」

「それじゃ、今夜はスラックスで行くことね」

「シルクのパンタロン？」

「いいえ」ロビンはため息をついた。「アランはあなたの仕事着姿が好きなんだから、軽装のほうがいいわ」

「意地悪ね！　ドレスアップしたいのに！」セルマが口をとがらしたのでロビンは吹き出した。

「ロビン……」

不意に後ろから声をかけられ、ロビンはくるりと振り向いた。ジーンズとスウェットシャツ姿のリックが立っていた。髪の毛も、昼と違って今はひどく乱れている。こんな格好の彼を見ると、オリバー・ペンドルトンということを忘れてしまいそうだ。ロビンは、思わずもれそうになった喜びの笑みをかろうじてかみ殺した。

セルマがひやかすように眉を上げた。「じゃあ、また明日ね、ロビン。さよなら、ハワースさん」と、リックには恥ずかしそうな笑みを投げた。

リックもにこやかに応じた。「さよなら、セルマ」

セルマは名前を覚えてもらったことがうれしいらしく、これ見よがしに腰を振って立ち去った。しかしリックはそれには目もくれず、ロビンを見つめた。

ロビンはぶっきらぼうに言った。「なんの用？」

リックは少しも動じない。「家まで送ってあげようと思ってね」

「私は自転車があるわ」図書館の横手へ回っていくと彼もついてきた。ロビンは自分の自転車を目にして息をのんだ。後ろのタイヤがパンクしているのだ。リックのしわざにちがいない！

「あなたね！　あなたがタイヤをパンクさせたのね！」ロビンは振り向きざまくってかかった。

リックは静かに首を横に振った。「ぼくじゃない。ぼくはただ、男の子が二人いたずらしているのをじっと見物していただけさ」

「どうしてやめさせてくれなかったの？」ロビンはタイヤを調べ、立ち上がってタイヤをけとばした。「どうしようもないわ。チューブからバルブを外して持っていったみたい」

「持っていったんじゃなくて、あの辺へ捨てたようだったよ」と、近くの深い茂みを指さした。

ロビンはため息をついた。「あなたはそれもじっと見物していたってわけね」

リックがほほ笑んだ。「そのとおり」

「しかたがないわ。バスで帰らなきゃ」

「だから、ぼくが車で送っていくと言っただろう」

「それはお断りしたとおりよ」ロビンはもう一度自転車を憎々しげににらみつけてから、バスの停留所のほうへ歩きだした。リックはただ見物していただけだと言うけれど、ほんとうは彼が子供たちをそそのかしてパンクさせたにちがいない！

停留所には五、六人の人が並んでいた。ロビンも列に並んで小銭をさがしていると、目の前にロールスロイスが止まった。

「ダーリン、送っていこうか？」リックが助手席の窓から身を乗り出して言った。

ロビンはつんとすまして冷たく断った。「いいえ、結構」

「おいでよ、ダーリン。君のお母さんをけなしたのはぼくが悪かったけれど、だからといってこんなふうに帰ってしまうことはないだろう」

　いったい彼はなんのことを言っているのだろう？母の話などしなかったのに。「いったい……」

「ダーリン、とにかく車に乗ってくれないか。キスをして仲直りしようよ」

　並んでいる人たちがにやにや笑いだした。ついにロビンはいたたまれなくなって車に乗り、力まかせにドアを閉めた。リックはにやりと笑って車を発進させた。

「あなたって最低だわ！」

「君を家まで送っていくことが？」

「私にきまりの悪い思いをさせて、車に乗るよう仕向けたこと。すべて計画どおりだったんでしょう？」

「そう」彼は一人悦に入っている。

「いったい何をしにここへ戻ってきたの？」

「君の家へ行くためさ」

「うちへなんか来てほしくもないわ！」

　リックが片手を伸ばしてロビンの手を握り締めた。

「ロビン、ぼくはもっと早く戻ってきたかったんだ。しかしなかなかそれができなかった」

「シーラに引きとめられたんでしょう！」

　リックの顔が険しくなった。「いや、シーラのせいじゃない。ぼくがロンドンへ帰らざるをえなくなったのはシーラのためだった。しかし向こうに足止めをくったのは彼女のせいじゃない。肺に穴があいたために動きがとれなかったんだ」

「その話なら聞いたわ」ロビンはわざとそっけなく言った。話を聞いたときはどれほどショックを受けたか、リックには知られたくない。

「ブライアンから聞いたのか？」厳しい声だった。

「そうよ」

「彼には新しいガールフレンドができた。知っているかい？」

「ええ。トルーディのことね」ロビンは、昨日電話でブライアンと話したときに聞いていた。

「心配じゃないのか？ そうか、なるほど。君はアランとどこまで進んでいるんだ？」

ロビンは平静を装って答えた。「あなたには関係ないわ」

「関係は大ありだ」

「じゃあシーラのことは？」

「君は妬《や》いているのか？」

「私が？ 私は誰に対しても嫉妬《しっと》するような権利はないわ。だいいち、あなたのために嫉妬したってなんの得にもならないわ」

「ロビン……！」リックはじれったそうにため息をついた。「君はまだ怒っているのかい？ ぼくがほんとうの素性を教えなかったから」

「かの有名な産科医、オリバー・リック・ハワース・ペンドルトンだということ？ なぜ私がそんなことを気に病まなくちゃいけないの？ あなたにとっても楽しいお遊びだったはずよ」

「あれはお遊びなんかじゃなかった。ああした理由は君に説明したじゃないか」

「小説の主人公の立場になるため、だったわね」

「あのころは、君がぼくの人生にとってこんなに大事な人になろうとは思いもしなかったんだ」

「大事な人ですって！ 冗談はよしてほしいわ、ペンドルトンさん」

「しかしそれが事実なんだ。正直言ってぼくは望まなかったが、結果的には君がぼくにとってかけがえのない存在になってしまった」

「まあ、ありがたいお言葉、恐縮ですわ！」

家に近づいたのでロビンはやれやれと思った。だが、ロールスロイスは右へは曲がらず、逆に左折してほこりっぽい田舎道を数百メートル走り、やっと止まった。リックがエンジンを切ってロビンのほうへ向き直った。

「どういうつもり？」ロビンもまっすぐにらみつけた。

「君にキスをして目を覚まさせるつもりだ」リックが断固たる面持ちで体を寄せてきた。

「もしも私にキスしたら……」

「悲鳴をあげるかい？　だが、口をふさがれると悲鳴をあげにくいかもしれないよ。それに、ここじゃ悲鳴を聞いてくれる人もいないだろう」たしかに、辺りには人家がまったくない。「君も、ぼくにキスされることに慣れるほうがいいんじゃないかな。今後はキスする機会がうんと増えるはずだからね」

　ロビンは厚い胸板を押し返したが、彼はびくともしなかった。「あなたって人は……」

「君が欲しい」リックは両手でロビンの顔をはさみ、うめき声とともに唇を重ねた。

いけない……喜びを感じてはいけない！　ロビンは自分を制止したがだめだった。リックに対するこれまでの恨みつらみは、もうどうでもよくなった。これが私の愛するリックなのだ。いつまでも彼に抱かれてキスされていたい……。

「ああ、ロビン、ロビン……君のすべてが欲しい」

　リックの唇は耳たぶへと移り、手はブラウスのボタンを外し始めた。クリーム色のレースのブラジャーが現れると、リックの唇は若々しいふくらみへとおりていった。

　ロビンはこれが現実のこととは信じられなかった。こんな明るい青空のもとでリックの愛撫《あいぶ》を受け、自分もまた快感をむさぼっている。そればかりか、自分から彼の頭をかき抱いて彼を求めている。リックがゆっくりとロビンの体を倒し、再び激しく唇を合わせると、ロビンはめまいを覚えた。

　やがて顔を上げたリックは、うるんだ目でロビンを見下ろしてささやいた。「ぼくは君のものだ」

　リックは私のものなんかじゃない、シーラのものだ！　ロビンは彼の体を押しのけ、魅惑の唇から逃れた。そして起き上がって震える指でブラウスのボタンをはめた。涙があふれそうになるのを懸命に押し戻しながら。

「あなたは私のものじゃないわ。私のことはほうっておいてちょうだい。ロンドンへ帰って。都会の洗練された人たちの中へ戻ればいいのよ。とにかく私には近づかないでちょうだい！」

「それはできない。君だってわかっているだろう」

「でも、あなたの患者さんたちはどうなるの？」ロビンは髪をなでつけたが、唇に残るキスの余韻は消しようがなかった。

「今のところ患者は一人もいないんだ。メリンダがぼくのもとから去ったとき、ぼくは一年間仕事を休んで自分のしたいことをしようと決心した。あとまだ六カ月残っている。その六カ月間、ぼくは君を追いかけるつもりだ」リックの瞳が熱くうるんだ。「ロビン、ぼくは君と結婚するつもりだ」

　ロビンは色を失った。「で、でも、シーラは？」

　リックはため息をついた。「彼女が再婚するまでぼくが責任を持つことに変わりはない」

「責任ですって？　よくもそんな言い方ができるわね！　あなたにとってシーラのことは単なる責任だけの問題じゃないでしょう？　彼女にはなんの関心もないというの？」

「もちろん関心はあるさ。しかしぼくにだって自分の人生がある。シーラはわかってくれているよ」

「私はあなたになんかついていかないわ！　誰が結婚するものですか！」ロビンは激しく言い放った。

　リックが表情をくもらせた。「ぼくは……君を愛しているんだ」苦悩に満ちたうめき声だった。

　ロビンは耳を疑った。妻がいるくせに、ほかの女性に向かってプロポーズしたり愛を告白するなんて、ありうることだろうか？「なんですって？」

「君を愛しているんだ。ぼくはメリンダに捨てられて以来、もう二度と女性を愛せないと思っていた。しかし君の天真らんまんな性格や、その美しい体にすっかり心を奪われてしまったんだ」

ロビンは両の耳をふさいだ。「これ以上聞きたくないわ。家まで送って。お願いだから」

「ロビン——」

「お願い！」半分すすり泣くような声だった。

「わかった。話の続きはあらためてしよう」リックは車のエンジンをかけて田舎道を戻り始めた。

「この話は十分前にもう終わっているわ。今さら愛していると言われたって遅すぎるのよ」

「ブライアンのせいか？　それともアラン？」

「大きなお世話だわ！　私が誰とベッドをともにしようとあなたには関係ないでしょう」

「どっちの男が君を奪ったのか、それを教えてくれたら一人をたたきのめすだけですむ」

ロビンは驚いた。リックは本気でそうするつもりらしい。「そんな子供みたいなこと言わないで！　私の人生をあなたの思いどおりにしようなんて厚かましいわ。そんな権利はないんだから」

「ぼくには権利がある！　ぼくが事故を起こした夜、君はぼくに身を委ねてくれたじゃないか！」

「あのときはメリンダやシーラのことを知らなかったからよ」

「それは過去のことだ。君にはぼくの未来になってほしい。一目会ったときから、君がぼくにとって悩みの種になることはわかっていた。案の定ぼくの生活はめちゃめちゃにかき回された。そしてぼくは、君と離れているときは君のことしか考えられなくなってしまったんだ。逆に君と一緒にいるときは、まともなことが何一つ考えられない。もっと早く君と知り合いたかった」

「だから、もう遅すぎると言ったでしょう」

「遅すぎるものか。そりゃあ、ぼくは君の倍長く生きているから、過去にはほかの女もいた。だが、これほどすべてを捨てても愛せる女性が現れることが、もし最初からわかっていたら……」

「独身主義を通していたと言いたいの？」ロビンは冷笑した。

「そのとおりだよ。ぼくは、セックスはただそれだけのものであって、お互いが楽しめたらそれでいいと考えていた。しかし今君に寄せるこの思いに比べれば、ほかの女たちとのセックスは単なる時間のむだにすぎなかった。君がブライアンとかアランとベッドに行くことも、同じく時間のむだだよ」車が家の前で止まると、リックは向き直ってそっとロビンの髪に触れた。「君の相手はどっちなんだ？」

「いいかげんにして！」ロビンはそう叫ぶなり急いで車から降り、荒々しくドアを閉めた。

9

店の入口をばたんと閉める音で、父が帳簿から顔を上げた。目をぎらぎらさせ、荒い息を吐いている娘を見て父がやさしく尋ねた。

「何をそう怒っているんだ？」

「何も！」ロビンはかみつくように答えた。

父はほほ笑んだ。「まあいいさ。ぷりぷりしているおまえのほうが、ふさぎこんでいるおまえよりずっといい。昔のロビンが帰ってきたようだ」

「心配かけてごめんなさい、パパ。でも私は……」

ロビンは口をつぐんだ。店のドアが開いて、人が入ってきたことを告げるベルが鳴った。振り向くと、リックがドアを後ろ手に閉めるところだった。「私、奥へ行くわ」ロビンは口の中でつぶやいて、急いで家のほうへ入っていった。びっくりしたような父の顔が目の端をかすめた。

　リックはよくもぬけぬけと店の中までついてこられたものだ！　あれほどはっきりと私の気持を伝えたのに、どうしてわかってくれないのだろう？　いや、ほんとうに伝えたと言えるだろうか？　言葉では言ったけれど、体のほうはまたしても欲望に翻弄《ほんろう》されてあられもなく彼に応じてしまった。

「あらロビン、どうかしたの？」台所へ行くと母が顔をしかめた。

　どうして父も母も私のことがこんなによくわかるのだろう？　ロビンはため息をついた。「いいえ、べつに」

「でも、なんだかご機嫌が悪そうよ」

「今のところはあまりおしゃべりする気分じゃないの。服を着替えたら気持も落ち着くでしょう」

　だが、そう簡単にはいかなかった。二階に上がってからも、リックが店の中までついてきたことに腹が立ってしかたがなかった。そのうち、彼が何かを買いに立ち寄ったのかもしれないと思いついた。とたんに緊張がいくらかほぐれ、なぜ早くこのことに気がつかなかったのかと思いながら階段を下りた。

　ところが、居間に入っていくとほかならぬリックが一人のんびりと肘掛け椅子にくつろいでいた。椅子の肘の上には紅茶のカップが置いてある。

「いったいここで何をしているの？」ロビンは小声でとげとげしく尋ねた。

「紅茶を飲んでいるのさ」彼は両足を投げ出した格好のまま、落ち着き払って答えた。

「そんなことをきいているんじゃないわ」

「あらロビン」台所から母が出てきてにこやかに言った。「今呼びに行こうかと思っていたのよ。ハワースさんがおまえに会いに見えたから」

「そうらしいわね」ロビンは母のすみきったまなざしを避けて硬い声で言った。

母は途方に暮れた様子だ。娘は二カ月間この男に恋いこがれていたはずなのに、と内心首をかしげているのがよくわかる。「あ、そうそう、じゃがいもにお塩を入れ忘れたわ」母は急いで話題を変えた。

「ハワースさんはじゃがいも料理はお好き？」

「リックと呼んでください——じゃがいもは大好きです。ウエストのためにはよくないんですがね」

母がくすくす笑いだした。「冗談ばっかり。あなたのスタイルは理想的ですわ」母はなおも口もとをほころばしたまま台所へ戻っていった。

ロビンは険しい表情で尋ねた。「じゃがいも料理って、いったいどういうこと？」

リックはゆっくりと紅茶を一口飲んだ。「ご両親が夕食に招待してくださったんだよ」

「そんな！　あなた、断ったんでしょう？」

「いや、お言葉に甘えることにしたよ」

「まさか！　よくもそんなことができるわね！」

「簡単なことさ」リックは、ロビンの怒りにもまったく動じる気配なく悠然と応じた。「たまたまぼくは腹ぺこなものでね。今日は昼を食べ損ねたから」

「でも、ここで食べてもらっちゃ困るわ。今からでも断って！」

「なぜ？」

「それは……あなたにはここにいてほしくないからよ」

「残念ながら、ぼくは帰るつもりがかけらもないんだ」彼は空になったティーカップをテーブルに戻し、再びのんびりと椅子の背にもたれた。

「帰って！」ロビンはつかつかと歩み寄ってリックを椅子から引っ張り出そうとした。だが、いくら腕を引っ張っても彼は微動だにしない。「リック、あなたという人は……」

「ああ、やっとリックと呼んでくれたね」リックは満足そうにそう言うと、ロビンを膝の上に抱き寄せてのどに唇を押し当てた。「これでまた友だちに戻れたね」

「違うわ、友だちなんかじゃないわ！」ロビンは彼の肩をこぶしでたたいた。

「君はぼくを愛しているからリックと呼んだんだ」甘いささやきがロビンの肌をなでた。

「違うと言っているでしょう、ペンドルトンさん」

「しようのないじゃじゃ馬だな。これはお仕置きものだ」

お仕置きの唇はゆっくりとロビンの口に重ねられ、促すように巧みに動いた。ロビンは、どんなことをしてでもこの誘惑にだけは負けまいと必死で自分と闘った。彼はオリバー・ペンドルトンなのだ、オリバー・ペンドルトンなのだ、と呪文《じゅもん》のように唱え続けた。

やがてリックが顔を上げた。灰色の瞳がぬれたように輝いている。「まだ降参する気はないかい？」と彼がささやいた。

「するものですか！」

「しかしロビン――」

「ママ、ただいま！　ぼく――あっ！」とびこんできたビリーが言葉をのんだ。リックの膝の上に乗っている姉の姿を目にして、気まずそうにしている。

ロビンもきまりが悪くてあわててリックの腕を外し、床に降り立った。「お、おかえり、ビリー」

「ただいま――こんにちは、ハワースさん」

リックも立ち上がった。「君にはまだお礼を言っていなかったね。事故の夜は手際よく連絡してくれてありがとう。おかげで助かったよ」リックは手を出してビリーと握手した。

「どういたしまして。お姉ちゃんを介抱するのに比べたらハワースさんの介抱なんか楽でしたよ」

「ロビンを介抱する？」リックが怪訝《けげん》そうにロビンを見やった。

ビリーはにやりと笑った。「あのときのお姉ちゃんを見せたかったな。お姉ちゃんはね――」

「ビリー、そんな昔話、ハワースさんは興味ないわよ」ロビンは弟をにらんだ。

「いや、ぼくは大いに興味がある」とリック。

「その話はまた別の機会にして、ビリーは早く手を洗ってらっしゃい。もうすぐお食事よ」あとでビリーに、余計なことを言うなと注意しておかなければ。

「すぐいばるんだから。うんざりですよ」ビリーはリックに愚痴をこぼした。

「ビリー！」ロビンは厳しく言った。

「ほらね」ビリーはため息まじりにそう言い残して階段を上っていった。

「ビリーは何を言おうとしていたんだい？」リックはロビンの腰に両腕を回して引き寄せた。二人の腿がぴたりとくっついた。

「べつに何も」ロビンは彼の視線を避けて口の中でつぶやいた。

そのとき父が入ってきた。「やれやれ、店の片づけがやっと終わったよ」娘がよその男の腕に抱かれているのを見ても、父はいっこうに驚いた様子もなく椅子に腰を下ろした。「二人とも、そのままの格好でかまわないからもう少し横へ寄ってくれないかな。テレビのニュースを見たいんだ」

「これはどうも失礼」リックはにこやかに答えてロビンの体をテレビから引き離し、小声で催促した。

「それで、ビリーの話を教えてくれるんだろう？」

「いやよ！　放して！」ロビンも小声で言った。父の目が気になったが、父は二人のことなどおかまいなしでテレビに見入っている。

「ぼくが事故を起こした夜、君がどうなったのか教えてくれないかぎり放すわけにはいかないね」

ロビンも負けずに頑として言い張った。「私は絶対しゃべらないわ！」

「じゃあ、いつまでもこうしているさ」

「あなたみたいに思い上がった横暴な人は知らないわ！」急に父がくすくす笑いだしたので、ロビンは今度は父に向かってくってかかった。「何が面白いの？」

「だっておかしいじゃないか。おまえは自分のことを棚に上げて、思い上がっただの横暴だの……」

「私は自分のことを棚に上げたりしていないわ！」リックまで笑いだしたのでロビンはますます目をつり上げた。

父が言った。「とにかく、根比べならハワース君のほうが上だろう」

リックは苦もなくロビンの腰を抱きとめたまま、彼女のやわらかい曲線を自分のたくましい筋肉に押しつけている。灰色の瞳が楽しそうに揺れた。

ロビンはリックからぷいと顔をそむけ、意地になって言った。「私は金輪際言うつもりはないわ」

「ハワース君、娘は例によってまた口が重くなったようだから、私が代わりに相談に乗ってもいいよ」

「ロビンにそんな傾向があるとは知りませんでした。ぼくはいつも彼女を黙らせるために手こずるんですがね」リックはにやりと笑った。

「それで、いったい何を知りたいんだね？」父はリックの話に耳を傾けたあと、すぐにしゃべりだした。「ああ、あのことなら覚えているよ。あのときロビンは――」

「パパ！」ロビンは憤然と父をにらみつけた。

「そんなにハワース君に知られたくないのか？　じゃあしかたがない。ハワース君、申し訳ないが私は娘と一つ屋根の下に住んでいるものでね。ロビンはときどき手に負えないんだよ」

母が入ってきて食事ができたことを告げたので、

リックはようやくロビンから離れた。しかし、ロビンがリックに抱かれているところは母にも見られてしまった。これでリックは家族全員の前で、彼女が自分のものであることを主張したも同然だ。

　リックにはそうする資格はない。それでもロビンはなぜか、リックが妻帯者であることを皆に暴露する気になれなかった。べつにシーラを苦しめることにはならない今、このひとときをこっそりと楽しみたい。ロンドンの生活とは段違いのはずなのに、リックは私の家族一人一人と驚くほど打ち解けている。父とは商売の話をし、母には料理をほめ、ビリーとはサッカーの話に花を咲かせる。彼が結婚してさえいなかったら、何もかも申し分がないのに。リック自身もまた、今まで見たことがないほどのんびりとくつろいでいるように見える。

　十時過ぎにリックが腰を上げると、父も立ち上がって握手の手を差し出した。「ゆっくりおしゃべりする機会が持ててよかった」

「この前お目にかかったときは、失礼な態度をとって申し訳ありませんでした」

「状況が状況だったからね。それにロビンの態度もよくなかった。倒れた相手を殴ってはいかんというルールも、まるで無視なんだからね」

「私は殴ってなんかいないわ！」ロビンはむっとして口をはさんだ。「あのときは彼が……彼が……」

「ぼくがロビンにキスしたんです」リックが平然と言った。「ただし、彼女の口を封じるためにね」

「うむ、そうだろうとも。ところで、君はこれからロンドンまで車で帰るのかね？」

　今度は母が口をはさんだ。「ビリーと一緒のお部屋でよかったら、泊まっていってくださいな」

「ありがとうございます。でも、ぼくの行く先はすぐそこです――オーチャード・ハウスですよ」

　ロビンは茫然《ぼうぜん》とリックを見つめた。「またあそこを借りたということ?」

「いや、買ったんだ。今はオーチャード・ハウスがぼくの家なんだよ」リックは満足そうにほほ笑んだ。

「あなたの家? でも……家具も何もないのに」

「今はちゃんとあるさ。模様替えをしたから、一度見に来てもらわなくちゃ」

「でも……自分でお料理一つできないのに。家政婦さんを雇ったの?」

「まだなんだ。しかし目下交渉中だから、もうすぐぼくの世話をしてくれる人が決まるだろう」リックのまなざしは、誰のことをさしているのか露骨に示していた。

両親が顔を見合わせるのが目に入り、ロビンは硬い声でリックに言った。「玄関まで送っていくわ」

母が急いで声をかけた。「よかったら今度の日曜日、お昼を食べにいらっしゃらない?」

「ええ、喜んで」リックはすかさず答えた。灰色の瞳がロビンをあざけっている。ようやく廊下に出た彼は、ロビンの憤まんやるかたない表情を見てぴくりと眉を上げた。「何か都合が悪いのかい?」

「わかっているくせに。あなたには今後二度とうちへ来てほしくないわ」ロビンはずばりと言った。

「残念ながら、君に招待されたわけではないものでね」

「私があなたを招待するわけないでしょう!」

「わかっているさ。だがね、ぼくを無視したところでぼくは絶対あきらめないよ」

「あなたって自信満々なのね。強引に私の家まで上がりこんできて……」

「強引なんてことはないよ。君にこれを渡しに行ったら、君のお父さんが夕食に誘ってくださっただけのことさ」リックは女物の財布を差し出した。

「これは……私のだわ」

「そうだろう。まったく恩知らずなんだから。これなら夕食をごちそうになる値打ちはあるだろう?」

「まあね。でも、日曜日のお昼までごちそうするほどのことではないわ」

「だがもう招待をお受けしてしまったからね」リックは身をかがめてロビンの唇にキスした。「日曜日に会おう。それまでに会うかもしれないけれど」

「会いたくないわ」ロビンは頑固に言い張った。

「いや、必ず会うさ」

脅しにも似た口調にロビンも意地になって、リックの思いどおりにはならないと決意を新たにした。

翌日セルマはアランのことで有頂天になっていた。

「彼って最高! 昨日の夜は私たち、映画を見たあと飲みに行ったの」セルマはうっとりとして話した。

「よかったわね、楽しいデートで」映画を見たあと飲みに行ったのなら、アランもまんざらではなかったのだろう。ロビンは弱々しくほほ笑んだ。昨夜は睡眠不足で今日は顔色が悪い。

ロビンの心の中ではさまざまな思いが渦巻いていた。リックは私を愛し、結婚したいと言う。私も彼を愛している。でも、彼には奥さんがいる。妻ある男性と愛し合い、相手が離婚できるまで待っている女性は世の中にたくさんいるけれど、私にはやはりできない。他人を犠牲にしてまで自分の幸せをつかむ気にはなれないのだ。

「アランみたいな人とデートしたのは初めてよ」とセルマが夢見心地で言った。「彼は私にちゃんと話しかけてくれたんだから!」

「じゃあ、ほかのボーイフレンドたちは誰もまともに話をしなかったということ?」

「アランのような話し方じゃなかったわ。アランは私のことを、対等に話のできる人間として扱ってくれたのよ」

「当然でしょう。あなたは頭もいいし仕事もよくできるんだもの」

「でも、男の人たちはどちらかというとちょっとばかな女のほうが好きみたいよ。だから私も相手と対等に張り合うより、相手の望みどおりの女を演じてあげているほうが楽だったわ」

「そんなばかな。私だったらそんな男性はお断りだわ」ロビンは断固として言い切った。

セルマがちらりと横目で見た。「たとえそれがリックでも？」

「彼は私をそんなふうに扱ったりしないわ」

「じゃあ、ますます文句のつけようがないわ。それにあなたを見るときの彼の目つき！　人間を目で食べちゃうような人って初めてよ。うらやましいわ」

「あなたに譲ってもいいのよ――もし、妻ある男性が好きなんだったら」ロビンは硬い声で打ち明けた。

セルマが目を丸くした。「奥さんがいるの？　まあ……残念ね。でも、あなたはずいぶん彼にご執心だったんじゃなかった？」

「今は違うわ」ロビンは嘘《うそ》をついた。「それよりあなたとアランのことを話しましょうよ。彼とはまたデートするつもり？」

「明日、サッカーの試合に連れていってもらうの」

アランはまだセルマの気持を信じていないらしい。だからわざとスポーツを見に行って、自分がもはや観客に甘んじるしかないことをセルマに見せつけるつもりなのだろう。

ロビンは昼前にアランと出会ったので、そのことを口に出した。「あなたは少しこだわりすぎだと思わない？」

「そんなことはないよ」表情が厳しくなった。

「セルマは、あなたが対等の人間として接してくれたと言ってとても喜んでいたわ。だから、あなたがかつてスポーツ選手だったことなど頓着《とんちゃく》していないんじゃないかしら」

「そうなんだ。だからこそ彼女にちゃんと考えてもらいたいんだよ」

「あなたは自分の悲しみにおぼれているのよ。あなたが一キロを何分で走れるかなんて、セルマにとってはどうでもいいことなんだから」

　アランは苦笑した。「君、パンを買いに行くんだろう？　だったらぼくも行くから、歩きながら話をしよう」

「まあ、食いけが先だとは、ロマンチックな考え方だこと！　いいわ、じゃ、チーズロールをおごってあげる」ロビンはハンドバッグを取った。

「ハムロールがいいよ」

「はいはい、ハムね。明日はあなたにごちそうしてもらうわ」

「ロビン」

　ああ、またリックの声！　しかたなく振り向くと、いかにも高慢ちきな仏頂面があった。私がアランと一緒なのが気にくわないのだろう。大きなお世話だ！　私がいちいち行動を報告しなければならない義務はどこにもない。

　ロビンはまばたきもせずにリックをにらみ返した。彼は今日もジーンズにシャツという気楽な格好で、とても男らしく精悍《せいかん》そうだ。ロビンは胸が痛いほどうずくのを覚えた。

「昼食を食べに連れていってあげようと思って迎えにきたんだ」とリックが先に口を開いた。

　ロビンはアランの手を腕に感じた。この前話していたのがこの男のことだと、アランは敏感に察してくれたようだ。「悪いけれど私、お昼はもう先約があるの」とロビンは答えた。

　リックはいら立たしげにアランに目を向けた。

「君、ぼくのフィアンセから手を放してくれないか」

　ロビンは息をのんだ。「私はそんな……」

　リックが彼女を引き寄せた。「ぼくのほうが権利があることはアランも君もわかってくれるだろう」

　アランはロビンの青ざめた顔を見つめたあと、堂々と言い返した。「ロビンは自分で選べるはずです。ロビン、どうなんだい？」

　彼女はアランの横へ戻った。「私はアランと一緒に食べるわ」リックの目が危険な光を放っているので、ロビンは急いで付け加えた。「でも、今度の日曜日のお昼は、うちの両親があなたをお待ちしてるわ」

「君は日曜日は家にいるんだね？」

「え、ええ、いるわ」

「よし、じゃあそのときに会おう」リックはくるりと踵《きびす》を返し、近くに止めてあったロールスロイスのほうへ向かった。

　車が走り去るとアランがほっとして大きなため息をもらした。「もし取っ組み合いのけんかになっていたら、ぼくのほうが負けていただろうな」

「そんなことないわよ」口では否定しても、リックが怒ればアランでもかなわないだろうと思われた。

　アランはロビンの腰から手を放した。「彼はいったい何者なんだ？」

「前にも話したとおり、私がかかわり合いになりたくない人よ」

「ロールスロイスを持っているのに？」

「車がすべてじゃないわ！」

「でも、ほかにもいろんなものを持っているように見えるけれどね」

「いいえ、そんなことないわ！」ロビンは憤然として歩きだした。しばらくしてアランが追いついた。

「要するに君はあの男に興味がないわけだね？　じゃあ、どうしてそんなに怒るんだい？」

「それは……それは……」

「君が心から彼が好きだからだ。さっき君はぼくのことで率直に話してくれたから、ぼくも少し言わせてもらうよ、ロビン。もしあの男のことが好きなんだったら、どうして彼に逆らうんだ？」

「だって、彼には奥さんがいるんですもの」

「君の少女らしい夢を壊したくはないけれど、すべての結婚が幸せにいっているとは限らないさ。彼の結婚が破綻《はたん》しているのは疑う余地がないよ」

「だからといって、私が自ら終止符を打たせようとは思わないわ」

「そうか。じゃあ、もう何も言わない」

それから日曜日まで、リックはまったく姿を現さなかった。ロビンはさほど意外には思わなかったが、それでもなんとなく期待が外れてがっかりした。こんなふうに感じるのはおかしいとわかっていても、日曜日の一時きっかりにやって来たリックを憎らしげににらまずにはいられなかった。母はリックから花束をもらってはしゃいでいる。

「やあ、ロビン」彼はそっけなく挨拶《あいさつ》したあと、父に勧められて腰を下ろした。

「いらっしゃい」ロビンはかすれた声で答えた。

「オーチャード・ハウスの変わりようを見に来てくれなかったね」

「え、ええ、時間がなかったから」

母が口をはさんだ。「なんだったら今日リックについていって見てくるといいわ」

「それはいい考えですね。ロビン、君にぜひうちを見てほしいんだ」リックが間髪を入れずに言った。

「私……そうね、じゃあいいわ」

リックは昼食の間じゅう実に愛想よく振る舞い、食後はテーブルの片づけを手伝った。「皿洗いはロビンとぼくとでやりますから」

「私一人でできるわ。あなたは両親とおしゃべりでもどうぞ」ロビンは硬い声で断った。

「手伝うほうが楽なはずだよ」リックはそう言って

さっさと台所までついてきた。

ロビンは後ろを振り返らなくても、リックの一挙手一投足を感じることができた。今はすぐ真後ろに立っている。うなじに彼の熱い息がかかる。それでもロビンは断固として振り返らず、まるで皿洗いに命がかかっているかのように脇目もふらず洗い続けた。やがて彼の唇が首筋に軽く触れ、腰には彼の腕が巻きついてきた。

「愛しているよ」うめきともつかない声が聞こえた。

ロビンは乱暴に体を振りほどいて向き直った。

「やめて！」

「君を愛している。結婚したいんだ」

「どうしても私につきまとうのなら、あなたのことを両親に言うわよ！」

「それはいいね。今から二人で話をしに行こう」リックはロビンの手を取って居間のほうへ引っ張っていった。そして自信に満ちた笑みを投げた。「さあ、中へ入って、ロビン」

「気でも狂ったの？」ロビンはあとずさりした。

「うむ、気が狂うほど君を愛している」

「リック、こんなことはやめましょう。あなたさえ手を引いたら私はすべてを水に流すから」

「とんでもない。せっかく君が今リックと呼んでくれたのに、手を引くなんてできないよ」

これ以上言ってもむだだ。いずれは両親にもリックの正体を知らせなければならない。ロビンは覚悟を決めて居間へ入った。ビリーは友だちと遊びに行ったので、両親だけがいた。

リックはちゅうちょなく口を開いた。「キャッスルさん、お嬢さんと結婚したいのですが、許していただけませんか」

ロビンは肝をつぶした。リックがこれほど単刀直入に言うとは思いもしなかった。

リックは言葉を続けた。「ぼくはお嬢さんを愛しています。彼女もぼくを愛してくれているはずです。ただ、彼女は決してそれを認めようとしないだけで……」

「その理由はあなたがいちばんよく知っているでしょう！」ロビンは彼にくってかかった。両親は突然の事態に目を白黒させている。ロビンはいらいらした。「もうこんなことはたくさん！　あなたがどういう人かということを両親に話さなくちゃ……」

「当然、知らせる義務がある」リックはロビンの両親に顔を向け、率直に言った。「ぼくの名前はリック・ハワースではなく、オリバー・ペンドルトンなんです。ロビン、これで君も気がすんだろう？」

「気がすむわけないでしょう。いちばんの問題は、あなたが既に結婚しているということよ」

「結婚している？」父が茫然と言った。「私にはさっぱりわけがわからない。どうしてハワース君は――いや、ペンドルトン君は偽名を使うんだ？」

「偽名ではありません」リックは一言だけロビンの父に答えておいてから、ロビンに厳しく詰問した。「君はいったいなんの話をしているんだ？」

「自分の胸にきけばいいでしょう！」

「偽名ではないのなら、なぜ二つも名前を持っているんだ？」と父が追及した。

「オリバー・リック・ハワース・ペンドルトンというのが本名なのよ」今度はロビンが答えた。「ねえリック、もうこれ以上ごまかすのはよして」

「ごまかしてなんかいない。なんのことかきちんと説明してもらおう」

ロビンは重い吐息をついた。「シーラはあなたの奥様でしょう」

リックの顔が怒りに染まった。「なんということを言うんだ！　シーラはぼくの兄の妻だよ」

ロビンは蒼白《そうはく》になった。「義理のお姉さん？　でも……あなたのお兄さんはあのパーティには来てらっしゃらなかったわ」

「それはそうさ。兄は死んだんだから。兄はメリンダと一緒に交通事故で亡くなったんだ」

「じゃあ、メリンダが駆け落ちした相手はあなたのお兄さん？」ロビンはあっけにとられた。「ああ、私はなんてひどい誤解をしていたのかしら！」

「君はぼくのことを、シーラと結婚していながら君に結婚を申し込むような男だと思っていたのか？　君という人間がまったくわからなくなったよ。もう、知りたいとも思わない」リックはつかつかとドアに歩み寄った。「結婚の申し込みは撤回させてもらう」

そして静かにドアを閉めて立ち去った。

10

リックのあとを追って許しを乞《こ》いたい――ロビンはそう思った。しかし、彼の顔にみなぎっていた嫌悪感に足がすくんでしまった。リックは私を憎んでいる。でも、彼を責めることはできない。私の早とちりがすべてを台なしにしてしまったのだから。リックが真っ正直な性格であることを早く悟るべきだった。彼を信頼しなかったために、私が自分の手で愛を壊してしまったのだ。

一部始終を聞いた両親までもがロビンを激しく非難し、リックに同情した。ロビンは打ちひしがれて散歩に出た。足はおのずとオーチャード・ハウスに向かった。外にはロールスロイスが止めてあるのだが、家はすっぽりと夕闇《ゆうやみ》に包まれている。ロビンは長い間じっと外に立ち尽くしていた。家の中には何一つ動く気配がない。何時間もたったかに思えるころ、ついにあきらめて家路についた。オーチャード・ハウスのドアをノックする勇気はなかった。

ロビンは眠れなかった。それが一週間続いた。それでも仕事に出かけ、帰宅し、食事を口に運ぶこともした。だが、いちばんつらいのは夜だった。床に入ってからは、夜の闇がまるで底なしの空洞のように果てしなく続いているかに思える。睡眠不足のまま図書館へ行くと、さほどの重労働でもないのに体がくたくたに疲れた。

ロビンがこれほどやりきれない思いに苦しんでいるとき、セルマのほうはアランとのロマンスが花開きかけていた。もっとも、アランはセルマに対してまだ完全に心を開いていないように見える。

「そんなに早く恋に落ちることはできないよ」ある日、休憩時間にアランがロビンに言った。

私は一目惚《ぼ》れしたのに、とロビンは思った。「あなたはセルマを愛している？」

アランは目をそらした。「よくわからない」

「セルマはあなたを愛しているかしら？」

「彼女は自分でそう言っているけれど……」

「じゃあ、あなたを愛しているのよ。セルマは嘘《うそ》をつかないわ——しっかりしてよ、アラン！　せっかく手に入れた愛を私のように投げ捨てちゃだめ！」

「じゃあ君はあの男と……」

「そうよ！　私がばかだったために彼は去っていってしまったわ。あなたも一緒よ」ロビンはいらいらしてさっと立ち上がった。「あなたもばかよ。そのうえプライドが高くて。プライドなんて、たいして生きる役には立たないわ。そこのところをよく考えることね！」ロビンは休憩室のドアをばたんと閉めた。

ちょうどセルマが階段を上ってきた。「騒々しいわね。一階まで聞こえるわよ」

「原因はあなたのボーイフレンドにきいてちょうだい！　今、中にいるわ」ロビンはあごで休憩室のほうをさした。「二人とも、もっとしっかりしなくちゃだめじゃない！」

セルマはあっけにとられている。「ロビン……」

「私、失礼するわ」ロビンは靴音高く階段を下りていった。

下にはレブン氏が待ち受けていた。「キャッスル君、二階で騒いでいたのは君なのかね？」

ロビンは負けずににらみ返した。「ええ、私ですわ」

初めてレブン氏がひるんだ。「とにかくだね、今後は二度とこういうことのないように」と口の中でぶつぶつ言って立ち去った。

怒りが静まると激しい疲労感が襲ってきた。仕事が終わったときには心底ほっとしたが、休憩室でまたもやアランとセルマに出くわしたのでうんざりした。しかしアランはやさしくロビンに言った。

「君の言うとおりだよ、ぼくがばかだったんだ。将来はどうなるかわからないが、今は愛し合っていることがよくわかったよ」

「よかったわ」ロビンは心からそう言った。この二人なら将来もゴールインまで行くにちがいない。

外に出るとまだ太陽がさんさんと降り注いでいた。しかしロビンの心は少しも軽くならなかった。この前の日曜日以来、リックの姿を見た者は一人もいない。毎日夕方にオーチャード・ハウスの前を通ってみるのだが、いつも同じだ。外にロールスロイスが止まっているだけで、中には人のいる気配がまったくない。

ロビンはうなだれてとぼとぼとバス停へ歩いていった。自転車がまた故障してしまったのだ。考え事をしながら歩いていると、正面から来た人とぶつかりそうになってしまった。「ごめんなさい——まあ、ブライアン！」

「そのとおり」ブライアンがにやりと笑ってロビンの腕を取った。「君を家まで送ってあげようと思って来たんだ」

ロビンはわけがわからないまま、車体の低いスポーツカーに乗せられた。「でも……どうしてあなたがこんなところに来ているの？」

ブライアンはロビンをちらりと横目で見たあと、車をスタートさせた。「それは説明に少々時間がかかると思うよ」

「教えてほしいわ。どういうこと？」

「まあまあ、あせっちゃいけないな。何事も辛抱が肝心だと教えられなかったかい？」

「記憶にないわ」

「そいつは残念」ブライアンはロビンのじれったそうな顔を見て笑った。「わかった、話すよ。ぼくは伯父の家へ来たんだ。だからオリバーの家にも寄ってみた」

ロビンは胸をどきどきさせてじっと手を見つめた。

「それで……彼は元気？」

「肉体的に？　それとも精神的に？」

「あなたはお医者様になりたくないと言っていたんじゃなかったかしら」

「そうだよ。今も気持は変わらない。演劇学校が気に入っているからね。いかす女の子もたくさんいるんだ」

「それを聞いたらトルーディはどう思うかしら」

「誰？　ああ、トルーディね。彼女とはとっくの昔に別れちゃったよ。今はアミーさ」

「私のことについては深い傷が残らなかったようで、私もうれしいわ！」ブライアンがあまりにも悲しそうな顔をしたのでロビンは吹き出した。「いやだ、からかっただけよ」

「からかうのはよしてくれよ。ぼくはほんとうに君のことが好きだったんだから。今でもそうさ。だからこそ、君とオリバーにはうまくいくようがんばってもらいたいんだ」

ロビンは目をそらした。「うまくいく余地がないわ」

「ぼくはそうは思わない」車はロビンの家の前を通り過ぎてオーチャード・ハウスへ向かった。「とにかく君をオリバーの家の前で降ろしていくからね」

「そんなことをしたってむだよ」

車が止まるとブライアンが降り、ロビンを引っ張り出した。「お互いにちゃんと話し合うことだ」

「彼は私の顔を見たくないんだから」

「それは違う。オリバーは君に会いたがっている。本人はそのことに気づいていないかもしれないけれどね」ブライアンは力強くドアをノックした。

「やめて、ブライアン。私……」ロビンは口をつぐんだ。ドアがぐいと開き、リックが現れた。苦虫をかみつぶしたような顔をしている。リックも私と同じくらい苦しんでいたのだ！　そう思うとロビンは胸がいっぱいになった。「ああ、リック！」

「オリバー、あなたにプレゼントを持ってきましたよ」ブライアンはロビンを前へ押し出すと、車に戻って手を振った。「結婚式には招待してくださいよ！」車は走り去った。

たしかセルマがこう言っていた。〝あなたを見るときの彼の目つき！　人間を目で食べちゃうような人って初めてよ〟今の彼がまさしくそんな目だ。ロビンは息遣いも荒く一歩を踏み出した。「ああ、リック……愛しているわ。心から愛しているわ！」

リックがひしとロビンを抱き締めた。「ぼくもどんなに君を愛しているか……この一週間、君に謝りに行くことばかり考えていた」うめくようにそう言いながら、彼はロビンの顔じゅうにキスの雨を降らせた。

「あなたが謝る、ですって？」ロビンは顔を離してリックを見つめた。そこには、あれほどロビンが求め続けた愛があり余るほどにあふれていた。「謝るのは私のほうよ。あなたを信用しなかったから……」

「信用しろと言うほうが無茶だよ」リックはロビンを家の中へ引き入れて再び固く抱き締めた。「ぼくは自分のことを何一つ君に話さなかった。ただ君が欲しいと言っただけで、名前すら本名を名乗らなかった。それなのに君は勇敢にもぼくを愛してくれた。ダーリン、ぼくは今朝君の家へ行ってご両親と長い間話してきたんだよ。もうこれ以上君と離れていることに耐えられなかった……。だからご両親に結婚の許しを求めたんだ」

「両親の答えは？」ロビンは意気込んで尋ねた。

「君さえよければオーケー、ということだった。今夜、君にあらためて申し込みに行くつもりだったんだ。ロビン、結婚してくれるかい？」

「ええ、喜んで！」ロビンは彼の胸に顔をうずめた。

「どんなに君を愛しているか、それをわかってさえもらえたらいいんだが」

「私があなたを愛しているその半分でも愛してくれたら、私はそれで充分よ」

「半分どころか、君よりぼくのほうがずっとずっと深く愛している」真剣そのものの声だった。

ロビンは彼の言葉をかみしめた。「あなたは、メリンダを愛した以上に私を愛してくれているのね」

リックはゆっくりと話し始めた。「メリンダのことは好きだったが、彼女を愛したことは一度もない。愛とはどういうものか、それさえわかっていなかったようだ……。ある生意気な小娘とめぐり会い、彼女の真っ正直さに心をかき乱されて、初めてほんとうの愛に目覚めたんだよ」

「じゃあ今、正直に言ってもいい？」メリンダにまつわる心のしこりも今は消え、ロビンはいたずらっぽく尋ねた。

リックがにこりと笑った。「言わないほうがいいと思うよ。何かはしたないことを言いだしそうな顔をしているから」

「私、今すぐあなたとベッドへ行きたいの」

「やっぱり……。結婚するまで待たなくちゃ。まずぼくの奥さんになってほしいんだ」リックは唇を重ねてロビンの反論を封じた。

キャンドルに照らされた夕食はすばらしい出来ばえだった。ステーキもワインも、甘党のリックのために作った複雑怪奇なデザートの菓子も、すべておいしかった。初めて迎えた結婚記念日。ロビンとリックが夫婦として暮らし始めてちょうど一年たった。リックの望みどおり、汚れのないまま迎えた新婚初夜以来、このうえなく幸せな一年だった。リックは今ではロンドンで医療を再開しているが、週末はたいてい二人でこのオーチャード・ハウスに泊まりに来る。

二人は暖炉の前に腰を下ろした。たきぎの火だけが部屋を照らしている。リックは妻の首筋に唇を這《は》わせながらそっとささやいた。「君にプレゼントがあるんだ」

彼の唇が耳の輪郭をなぞったので、ロビンは体をくねらした。「リックったら！　お行儀よくしなくちゃだめ」今日は夕食の前にも彼が求めてきてベッドへ行った。

リックは顔を上げて低く笑った。「そういうプレゼントじゃないよ。結婚記念日のプレゼントさ」

「それはもうもらったわ」ロビンは、腕にはめたダイヤのブレスレットをなでた。

「ほんとうのプレゼントはこっちにあるんだ」リックは立ち上がり、書類かばんの中から何やら取ってきてロビンに渡した。

「まあ、あなたの本！」ロビンは目を輝かした。

リックはうなずいて二つのグラスにシャンペンをついだ。「献辞を読んでごらん」

献辞にはこうあった。〈ロビンにささぐ。ロビンなくしてこの本は生まれなかっただろう。ロビンがいなければ著者は生きる望みを失っていただろう〉

ロビンは涙があふれそうになった。この小説は、リックと私との出会いがあってから完全に方向転換した。当初、主人公は死ぬことになっていた。しかし、恋人を深く愛するならどんなことをしてでも生きようとするはずだ、とリックは我が身に置きかえて考えを変えた。そのために、悲劇のはずだった小説が甘いラブストーリーに変わったのである。

「ダーリン！　すばらしい本だわ」ロビンは感きわまってリックの腕の中にとびこんだ。そして、しばらくしてからおずおずと口を開いた。「ねえリック、私もあなたにプレゼントがあるの」

「夕食はおいしかったし、この金のカフスボタンもすてきだよ。この上まだ何か買ってくれたのかい？」

「このプレゼントは買ったわけじゃないの。それに、今すぐあなたに渡せるわけでもないわ」

リックは怪訝《けげん》そうに眉を寄せ、ロビンにシャンペンのグラスを渡した。「もう一杯飲むといいよ。君はわけのわからないことを言っている」

ロビンはシャンペンを一口すって勇気をかき立てた。「リック、私、あなたの赤ちゃんを産むことになったの——ああ、どうしてこんな味もそっけもない言い方をしてしまったのかしら！」不安になって夫を見上げると、彼は真っ青になっていた。

「君……君が赤ん坊を産む？」声が引きつっている。

「ええ」ロビンはうなずいた。

「じゃあ、どうしてアルコールを飲んだりするんだ？」彼はグラスを取り上げた。「それに今日の君は働きすぎだよ。気分は大丈夫かい？」

おろおろしてロビンの手を握り締めているリックを見て、ロビンは吹き出した。「あなたはいったい何人の赤ちゃんを取り上げたの？」

「何百人も取り上げたよ。しかし全部自分の子供じゃなかったからね。そんなことより、ほんとうに大丈夫なのかい、ロビン？」

「もちろんよ。それにお産はまだ七カ月も先だわ。あなたはこういうことに慣れっこになっているとばかり思っていたけど意外だわ」

「君がぼくの子供を産むというのに、ぼくが慣れっこになっているわけないだろう。感激で頭がくらくらするよ。どんなに君のことを誇りに思っているか、口では言えないくらいだ」彼が急に顔をくもらせた。

「お産のときはぼくに立ち会ってほしいかい？」

「そのほうが心強いわ。あなたはベテランだし」

「しかし……ベテランが気絶したらどう思われるだろう」

「まさかあなたがそんな……」

「君だからだよ、ダーリン。君にもし万一のことがあったらと思うと耐えられないんだ」リックはロビンをひしと抱き締めた。

「万一なんて起こりはしないわ」ロビンはやさしく夫を安心させた。

事実そのとおりになり、無事女の子が生まれた。母親譲りの金髪とすみれ色の瞳を持つ娘は、生まれ落ちた瞬間から父親をとりこにした。

ハーレクイン®

ハーレクイン・ロマンス　1985年8月刊（R-407）

水仙の家

2025年2月5日発行

著　　者	キャロル・モーティマー
訳　　者	加藤しをり（かとう　しをり）
発 行 人	鈴木幸辰
発 行 所	株式会社ハーパーコリンズ・ジャパン 東京都千代田区大手町 1-5-1 電話 04-2951-2000（注文） 0570-008091（読者ｻｰﾋﾞｽ係）
印刷・製本	大日本印刷株式会社 東京都新宿区市谷加賀町 1-1-1
表紙写真	© Reana｜Dreamstime.com

ISBN978-4-596-72124-2 C0297

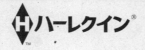

2月13日発売　ハーレクイン・シリーズ 2月20日刊

ハーレクイン・ロマンス
愛の激しさを知る

記憶をなくした恋愛0日婚の花嫁 《純潔のシンデレラ》	リラ・メイ・ワイト／西江璃子 訳	R-3945
すり替わった富豪と秘密の子 《純潔のシンデレラ》	ミリー・アダムズ／柚野木　菫 訳	R-3946
狂おしき再会 《伝説の名作選》	ペニー・ジョーダン／高木晶子 訳	R-3947
生け贄の花嫁 《伝説の名作選》	スザンナ・カー／柴田礼子 訳	R-3948

ハーレクイン・イマージュ
ピュアな思いに満たされる

小さな命を隠した花嫁	クリスティン・リマー／川合りりこ 訳	I-2839
恋は雨のち晴 《至福の名作選》	キャサリン・ジョージ／小谷正子 訳	I-2840

ハーレクイン・マスターピース
世界に愛された作家たち
～永久不滅の銘作コレクション～

雨が連れてきた恋人 《ベティ・ニールズ・コレクション》	ベティ・ニールズ／深山　咲 訳	MP-112

ハーレクイン・プレゼンツ作家シリーズ別冊
魅惑のテーマが光る
極上セレクション

王に娶られたウエイトレス 《リン・グレアム・ベスト・セレクション》	リン・グレアム／相原ひろみ 訳	PB-403

ハーレクイン・スペシャル・アンソロジー
小さな愛のドラマを花束にして…

溺れるほど愛は深く 《スター作家傑作選》	シャロン・サラ 他／葉月悦子 他 訳	HPA-67

文庫サイズ作品のご案内

◆ハーレクイン文庫・・・・・・・・・・・・・・毎月1日刊行
◆ハーレクインSP文庫・・・・・・・・毎月15日刊行
◆mirabooks・・・・・・・・・・・・・・・・毎月15日刊行

※文庫コーナーでお求めください。